水遇到山动了心
云遇到天动了心
帆遇到海动了心
我遇到你动了心

也许
是我祈祷的时间
太久
上天终于把你
赐来

除了爱你
请告诉我
我还能
做
什么

有人说

人生下来

就开始行走

所有人的目的地都是天堂

而我

只是去

找你

等不到你的那一刻
孤独化成了窗外的雨
雨仍在下
我
仍在等你

继凄美小说、热播剧《蝴蝶飞飞》
继浪漫小说、热播剧《爱上单眼皮男生》之后

爱你那天正下雨

胭脂◎著

华文出版社

图书在版编目（CIP）数据

爱你那天正下雨／胭脂著．—北京：华文出版社，
2005.9

ISBN 7－5075－1876－0

Ⅰ．爱... Ⅱ．胭... Ⅲ．长篇小说—中国—当代
Ⅳ．I247.5

中国版本图书馆 CIP 数据核字（2005）第 082399 号

华文出版社出版

（邮编 100800 北京市西城区府右街 135 号）

网址：http：//www.hwcbs.com.cn

网络实名名称：华文出版社

电子信箱：hwcbs@263.net

电话 010－66010050 66035914

新华书店经销

北京市荣海印刷厂印刷

880×1230 1/32 开本 8.375 印张 130 千字

2005 年 9 月第 1 版 2005 年 9 月第 1 次印刷

*

印数：00001—15000 册

定价：18.00 元

　　雨像罂粟花一样，整片整片地漫开在夜空。星星和月亮都被她蒙蔽了，远在十万八千里之外，还以为她片刻之间就会疲惫地溃退，而自己又能优雅地登场。

　　街上、房顶、车顶、树梢、花瓣里、井眼中、池塘里、眼里、耳里、心里……无一不在暴雨的侵袭中颤抖。

　　看到有客人走出，门童躬身将门拉开。

　　一男一女风度翩翩地向酒店外走去。他们身后有一群艳羡的目光，那目光仿佛不是在看两个人，而是在追逐一个有关完美的活生生的示例。

　　热辣辣的身材、标致的面部轮廓、不流俗的穿着和自小熏陶出的优雅举止，在他们身上被充分演绎着，使人怀疑是否连老天爷都会犯受贿罪，要不，怎会对他们格外惠泽？

　　"那男的是艾氏物流公司的老总……"

"艾氏物流？"

还没听完同事的介绍，一位前台小姐就捂住了嘴巴。艾氏物流公司的名头太响了，全北京城五分之一的东西是由艾氏物流运送。大到建筑物资、小到口红眉笔，包括每天要吃的大米白面，几乎大家目所能及的东西都大部分由艾氏物流运送。加之艾氏物流的老总风华正茂、仪表不凡，至今仍是单身，所以，几乎每个女孩都做过倒在艾氏物流总裁橘上宽阔胸膛里的春梦。

"那他旁边的那个女的呢？她是谁？"

问话的小姐语气中不无醋意。看到橘上身旁的女孩，不要说是她，相信任何一个女孩都会气馁。

"那些外地游客不认识她倒也罢了，连你也不认识她？哦，我看你真的需要回家补课了！"

"她到底是谁嘛？"

"宁氏企业的首席设计师，孙芊芊！听说最早曾读服装学院的模特专业，后来转到设计系，今年才25岁。怎么样，你没戏了吧！"

"对风流倜傥的橘上，我看，她也不见得有戏！"

两个前台小姐聊天的同时，橘上的眼睛刚好看向孙芊芊。在橘上心目中，迄今为止，他还从来没有爱一个女孩像爱孙芊芊一样。孙芊芊学历好、性格爽朗、心地善良、内敛不张扬、长相无可挑剔，而且对他又温柔又体贴又痴情，没有一点儿理由让他不爱。何况她还是服装帝国宁氏企业的首席设计师，这一点对橘上来讲也至关重要。

孙芊芊对橘上的感觉并不像橘上对孙芊芊的感觉一

样。从认识那天起，孙芊芊对橘上就没有过十足的把握。她总觉得橘上在所有的事上都对她有所保留。他不像一般的男人那样，会将自己的心掏出来给喜欢的女友，而是只有当他开心时才让她开心，他要不想让她知道什么事，她就是磨破了嘴皮从他嘴里也得不到答案。不过，这并不影响孙芊芊爱他，因为她的爱已达到了无法下来的高度，甚至爱到可以为他献出生命。她常常这样想，橘上如果某一天遇到不测，她也许就博得了他爱她的唯一机会。否则，他是不会爱上她的。或者如果某天她死了，橘上就会不停地想念她，对她的爱也许就会像山洪暴发般冲泻出来。但是，孙芊芊不会选择死去，她想在活着的时候拥有他，还有他的爱。

一出酒店大门，孙芊芊有点惊讶。不知什么时候开始下的雨，雨很大，是瓢泼大雨。

约会的过程中，孙芊芊的眼里、耳里、心里只容得下橘上，根本没注意到外面。虽然白天时天色就有些阴暗，不过，只要和橘上在一起，天气就和其他东西一样，并不重要。

整个晚餐中，橘上仅附和性地跟她说了几句话，孙芊芊一直在变着法儿逗橘上开心，可是收效甚微。别说露出一丝笑容，更别说主动讲一句话，即使脸上出现一点其他的表情，橘上也没有。

他今天是怎么了？

孙芊芊站在酒店门口，望着不远处的雨帘，心下暗想，这也许是个机会吧，雨天比较容易制造浪漫。随即，她看向脸色比天气还阴霾的橘上。

"橘上……你……你送我回家吧！顺便上楼去坐坐。我买了几张碟……"

"你不是说还想去后海的酒吧街吗？"

橘上和她并肩站着，语气中有点不快。他是一个喜欢有计划有安排的人，他对孙芊芊临时改变主意非常不满，而孙芊芊让他到她家坐坐的含义他更为反感。

"这不是下雨了吗？酒吧街该没有那么多人了，一点也不热闹了，我们还去干吗？"

"你很喜欢热闹吗？我记得你不是一个喜欢张扬的人！"

"可是，我喜欢和你在一起张扬，或者说，我喜欢张扬只因为和你在一起！"孙芊芊说。

这绝对是她心里话。不要说是她，哪个女孩与橘上在一起，都会不自觉地张扬一下。这是女孩的通病。

"好，我送你回家！"

说完，橘上头也不回地穿过雨帘，走向黑夜。那决绝的劲头仿佛送她回家是一件心不甘情不愿的事。

孙芊芊咬着嘴唇恨恨地看着他。突然，扑哧一声笑了。这才是她认识的橘上，她也正是喜欢他这一点，很男人。

车子很快开到了孙芊芊家楼下，这一路上孙芊芊的话像车窗外的雨丝一样密，可橘上则无半点声息，仿佛像天空中响过的闷雷一样。

"早点睡！"橘上面无表情地说。从他的声音中，可以听出他此时的心情依然低落。

"你不上楼了吗？我想让你上去坐坐……要不我们去酒吧街吧！"孙芊芊又说。此刻，她已经醒悟到从酒店走

出时她做的决定有些愚蠢。

橘上抬起右边的胳膊，拍了拍她的脸颊，总算让她感到一些安慰。待孙芊芊一下车，橘上就踩了油门，驶离了孙芊芊所住的小区。

开到街上后，橘上一下没了方向。每一条街每一个胡同口都惊人地相似，一棵棵大树无不蔓延向暗黑的雨夜。哪里是前进的方向呢？他有些迷茫。

索性，橘上将车子停靠在离他最近的路边，熄灭了火，将头深深埋进方向盘。他确信，如果他的眼里还能流出眼泪的话，那此刻眼泪绝对会从方向盘和胳膊之间的缝隙吧嗒吧嗒地垂落，只可惜，流泪的感觉早已久违，没有被带走的只是喉头间那一种类似哽咽的发紧。

太多的回忆、太多的甜蜜、太多的痛苦会不会将一个人压倒？橘上在方向盘上摇了摇头，算是为自己做出解答。他只是为了忘掉过往的悲伤和苦闷，一整个晚上看着一张只为他才那样笑的脸，可没想到事与愿违，非但没有将心中的痛楚和愤恨化解，反倒觉得无比的压抑和烦闷。

一个人的伤心是无法从另一个人的欢乐中得到慰藉的。这个道理橘上不是不知道，可每当他心中燃烧起旧日的焰火时，他总试图找个人来给他挡住那耀眼的亮光。

从方向盘的空隙中橘上看到，那富有垂感的衣服正将雨水一滴一滴地导向脚边，仿佛代表时间的沙漏一般，想将他带回 25 年前。他赶紧抬起了头，将视线从那残酷的一幕中收回。

随之，周边的雨、触目皆是的黑暗，还有挥不去的

巨大阴影汇集成一种恐怖的声音，撞击着四周的车窗，并透过车窗，捶在他坚硬如铁的心上。

他扭动了车钥匙，驾驶着车子，箭一般地冲进茫茫的黑色海洋。

一道闪电过后，"轰"的一下，天空挥舞着利剑，劈出震慑心扉的炸雷。雨像无数条汇集在一起的瀑布，将整个大地变成浩瀚无边的汪洋。

一个女孩呆呆地行走在雨地里，已经有两个小时了。她的头一直垂着，不断向下滴水的长发遮住了她姣好的面容。虽然已过去了好长一段时间，她娇嫩的脸还是感到一阵阵火辣辣的疼痛。她将头缩进高高的上衣领口，甚至连肩膀都有些稍稍地向上耸去。橙色的超短裙在雨水的冲击下早已被紧巴巴地贴在她修长的大腿上。她脚上穿的是一双半高筒靴子，由于趟了太长时间的小溪流，或许是从腿上渗进雨水，走起路来都是"咯吱咯吱"地带了些水声。

路上几乎没有行人，也没什么车影。这样大的雨，又这样深的夜，能躲在家里的人都会躲在家里。有谁会像她一样，既不打伞，又漫无目的，满身心地沉浸在有家不能回的悲恸之中？

一想到家，她的眼泪流得更疯狂了。

家，谁都有个温暖的家，可她呢？家倒是有，可就是一点温暖也感受不到。为什么要生在这样的家里呢？女孩不停地问着自己。

其实，她不知道，如果有选择的机会，无数的女孩

都愿意代替她，生活在那个家中。

人人羡慕的家首先是有钱。这个社会越来越现实了。当看到自己打拼的前景不一定美妙时，大多数人都会首先责怪自己没有出生在一个好家庭里。好的家庭，在大多数人眼中，渐渐就以是否有钱作为唯一的衡量标准。

这个女孩的家不但有钱，而且还非常有名。当然，有名的不是她，而是她的爸爸和妈妈。在时装界，她爸爸就如同一块金字招牌。国外的经济学家说，国内的时装业之所以发展如此迅速，首位的功劳就归她爸爸。她还有个貌美如花的妈妈，以前曾是她爸爸的秘书，现在则任她爸爸企业的采购公司经理。

在外人眼里，作为大企业家的独女，她应是呼风唤雨的天之骄女。尤其是她还拥有超乎寻常的美丽与可爱，使接近她的人都以为世上再也没有比她更幸运的了，但是，她偏偏不开心，从小到大都极不开心。好在她是一个极为温柔极为善良又极为会看脸色的女孩，所以，在外人眼里，她只是个地地道道的幸运儿。

女孩十分羡慕她的同学蔡灵，蔡灵生活在一个并不富裕的普通家庭，不过，每天却可以享受到女孩认为她最缺少的最普通、最朴素而又最甜蜜的爱。

她爸爸的眼神每天都是忧郁的，妈妈更是愁云一样的一脸严肃。好像如果不这样，他们就不够威严、不够气派、不够具有征服力。在宁氏企业或者外面可以这样，如果回到家后，对着自己的女儿还如此，那谁受得了啊！她还记得，从小到大，妈妈只带她去过两次游乐园、一次动物园，还是在爸爸的强烈要求下。其他的，她就不

记得除了学校组织去游玩之外，她还去过什么地方。

其实，不带她去玩、不陪她也没什么，谁让他们都忙呢！她是个懂事的孩子，她能理解。但是，有些事总不应该神神秘秘啊！更不该向她隐瞒啊！她毕竟是这家里的一分子，爸爸和妈妈为什么还把她当成小孩呢！

从第一次偶尔发现到现在，每一年的这天爸爸都肿着眼睛回家，妈妈也在这天躲进屋内哭泣，她很想知道到底是什么原因让她高高在上的父母如此伤心。

假如，爸爸妈妈肯将她心中的谜团解释给她听，她也没那么大好奇心，而刚才那伤心的一幕也绝不会发生。

为什么，他们为什么这样对待自己？

自己到底犯了什么错？竟……动手狠狠地打她？

她是他们的女儿啊，她是他们唯一的女儿啊！

世上哪有这么狠心的父母，不但不关心不爱护自己的孩子，还动手打她？

眼泪再一次滚过女孩发烫的脸颊，跌落到地上，瞬间不见了踪迹。地上的流水争先恐后地向四处奔涌，带着她的哀伤、她的眼泪和破碎的心一股脑到处流窜。

还有谁，这世上还有谁，比她更悲痛？

女孩停住脚步，仰天伫立。

来吧，让雨砸得更猛烈些吧！砸得越重越好。最好……最好将她砸倒，砸得再也站不起来！反正……反正她也不想活了！

猛的，她打了个寒战。是啊，不要活了吧！生活在这世上还有什么意思？爸爸妈妈不喜欢她，她学习再好有什么用？即使将来有一天，她能当上全世界都尊敬的

设计师，那又怎样？不还是一个孤独而又可怜的人嘛！她的出生她无法选择，难道，连死亡都不能由自己选择吗？

"轰"的一声，天空又响起一声惊雷。她没有像以往那样，听到雷声就不自觉地抱住柔弱的双肩，而是绝望地将眼睛闭上，两排长而黝黑的睫毛倔强地挺立着，紧紧地不露一丝空隙。

哗哗的声音冲击着耳畔，雨下得更猛烈了。她的头顶凉了，发丝凉了，领口凉了，胸口凉了，心凉了，大腿凉了，小腿凉了，脚趾尖凉了，甚至，刚才一直滚烫的脸颊，此刻也凉了。

一道亮光闪过，透过女孩紧闭的眼帘，划向她冰冷的胸膛。这亮光好朦胧，带着一股暖暖的春意，宛如正午的阳光。应该不是闪电，也不像是路灯，管它是什么呢，反正很温暖！女孩想。也许是上天给她打开的大门吧，上天看她可怜，用一束光亮来召唤她了，毫不犹豫地，女孩冲着亮光的源头扑过去。

"吱——吱——"，马路上随之响起刺耳的变了声的刹车声。

女孩的身子软软地倒下，像是一朵没有了根茎的花儿，头和肩的一侧都抵向吉普车的右前轮。

从车门拉开和关闭的声音可以听出，车上跳下的人有多气愤。他的心情本来也不好，还碰上了有人向他车轮下撞来。他准备一把将他揪起，不管他受没受伤，先恶言恶语地教育他一顿，如果他身上没有伤，他还打算在他不清醒的脑袋上捶上两拳。

"喂，你真的想死吗？"

他大声吼着，唯恐倒在地上的人听不到。在说完这番话时，他已冲到右车轮前，而且，还一把拽起了躺在车轮下的人。

雨太大了，在人扑向他的车轮时，他并没有看清撞过来的人是什么样。他只是觉得有一团橘子一样的东西撞了过来。那动作太义无反顾了，以至他右脚连踩几下刹车，才将车刹住。此刻，拽起地上的人的感觉让他觉得有点飘。那是一种没有力道的飘，好似并没有人被他攥在手中一样。他不禁惊叹于这个人的分量，是那样的轻，轻得简直不像一个男人，倒像是个小孩，或者，女人。

一想之下，他连忙仔细地去看她的脸。

"你——"

他只说了一个字便说不下去了。

瞬息之间，他整个人已被她吸引住。

她没有睁开眼睛，长长的睫毛像初生的麦苗，正簌簌发抖。她的嘴唇像两片将要绽开的花瓣，唇瓣上还滚动着一颗露水般的水珠，散发出诱人的光泽。

原来是她，一个年龄看起来很小的她。

意识到自己还在拽着她，他"啊"地轻呼了一声，惊讶得陡然松手。

随之，女孩就像花儿一样悠悠地坠向地面。就在女孩的长发已然浸入地面的水流时，他又快速地伸手将她拦腰托住。

女孩无奈地睁开了眼睛，用一种失去所有信心的眼

神望向了他。女孩的心里在想，这是只怎样的大手啊，坚强有力而又滚烫无比，好像是火钳一样，将她从遥远的天际钳回现实。为什么要拦住她？他到底是谁？很快的，还没等抱住她的人看清楚她，她已又一次闭上眼睛。

接着，分不清是雨滴还是泪滴，大串大串的水珠顺着她的眼睑流下，也许这一切从来就没停止过，他想。他此刻正凝神注视着她。

她一定不是刚刚流泪的，更不是因为撞到他的车，或是因为自己没有及时地给予她关心。她的那种表情明显透着委屈，她的眼中不仅蒙着厚厚的氤氲，还透露着足可以让任何人怜惜的忧郁。

原以为这世上伤心的人只有他一个，哪知道伤心人无处不在。但是，好歹他不会选择这样一种方式向伤心妥协啊！面对臂弯中的伤心女孩，一种男人特有的责任感让他一下子振作起来。

他说不清到底是什么原因，总之，在看到她第一眼时，他整个人就被彻底地俘虏了。

这一瞬间，他原本的一腔哀伤和即将爆发的怒火都被她涤荡得干干净净。

"小姐，你没事吧！"

男人关注地看着她。

臂弯中的女孩一直宁静着，没有任何表示，浑身发散出来一种无助和清纯的凄凉。他怕她有什么不测。看她身上没有滴下半点血，他的心或多或少还不致太过于紧张。

几十秒之后，女孩依然没有说话，仿佛她天生不会

讲话一般。或者她正被一种巨大的伤痛包围着，她需要很多很多的力量冲过那层层屏障。

"小姐，你到底要不要紧？我带你去医院吧！看你被雨都淋湿了，全身冰凉！"

男人轻轻摇晃着她，希望她快一点清醒。

女孩像标本一样保持着原样，更像一朵已经没了生命的花儿，任男人摇来晃去。

"有什么伤心事也不用撞车啊！死能解决一切吗？你这样死去只能让人家说你懦弱！而且，你这样死掉对得起你的父母吗？他们把你养这么大就是想看着你如何糟践生命吗？你……"

听到男人说的话，女孩奋力从他手中挣出。由于他的手过于有力，她挣脱的力量过于猛烈，她一不留神跌向地面。

男人只顾大声地斥责她，没有料到手中的女孩会猛然有了动作。随着扑起来的半尺高的水花和"啪"的一声，他眼睁睁地看着她摔倒在地。

她倒地的姿势是那样的优美，即使是职业舞者也不见得能有如此的雅致。不过，她注视他的眼光却是忿忿的，就像是男人刚刚欺辱了她而不是救了她一样。

男人一下愣住了。

接着，女孩缓慢地从地上站起来瞪着他。从她的眼神中，他看到了敌视和藐视。

"喂，你干嘛这样看我？又不是我……"

"怎么不是你？不是你撞倒我还是谁？难道是我自己撞上去的吗？你也太不讲理了！"

女孩大声地说。她是故意将声音调到最大，借以掩饰内心的慌乱。

"呵"的一下，男人被她气笑了。

女孩虽气势汹汹，但依旧美丽动人。

男人无法想像，要是一个不像她这般动人的人跟他说了此番话后他会怎样。

她为人处世与她的外表可有着天壤之别。世间像她这样蛮不讲理的人还真不多。刚才明明是她撞上来，自己救了她不说，还想带她去医院，而当她站起来、清醒以后，却说自己是受害者！

别看只不过几分钟时间，男人身上的衣服已全然湿透。他抬起手，擦了擦脸上的雨水，思忖着要不要和她争执。

当他再次定睛看她时，她已经将身转过去了。她好看的面容已经不见，剩下的只是一个落寞而又哀怨的背影。好在地上积了很多雨水，足够让她脚步放缓，男人还可以毫不费力地喊住她。

"喂，你到底有事没有？如果撞伤了你，我带你去医院！"

那女孩没有转头，两只手掩着面颊，看样子她是在哭。

连带的，男人也悲伤起来，被人拒绝总不是一件快乐的事。他失落地垂下头，但是，还没有垂到一半时，他又抬了起来。因为，他听到女孩的回答了。

"你少装好人，我不需要！"

"你说什么？"

男人的脸煞白，他确信他真的生气了。

从小到大，什么样的挫折坎坷他都经历过，就是没遇上过这么践踏他尊严的人。

"你站住！"

男人高大的身影像座山一样拦在女孩面前，挡住了她前进的道路。

女孩惊恐地看着他，她还没有意识到他会追上来时，他已经站在她面前了。他用的是什么法术？难道他会轻功吗？她呆呆的，竟没听到他在说什么。

"你把话讲清楚，我怎么装好人了？在你面前我用装吗？有没有人跟你说过，像你这样的女孩，走到大街上实在没有什么回头率。请别太高估你自己！"

也许是雨下得越来越大，男人没注意到矮他一头多的女孩眼中有那么多的委屈和恐慌。他自顾自地说着，说完，就大踏步地从她身旁走过。

"神经病！"

那女孩用极低的声音说。虽然她的声音已经很低，雨声也特别大，但是，男人还是一字不差地听到了。这一次，男人的怒火冲到了脑门，他骤然站住，再一次走向女孩。

"你说什么！"

男人的手不自觉地抓住了女孩的肩膀，女孩的脸因此而变形。她原本停下的眼泪又决开闸门似地冲了出来。

"我在说我自己还不成吗？"

她的头低得不能再低，她实在不想让他看到她的泪水。

"好，我不管你在说谁，总之，我不想再听到你说话，也不想再看到你。你最好在我面前马上消失！"

然后，像丢弃一个包袱一样，男人放开了她，走向自己的车。这样大的雨，这样深的夜，和一个不明不白的女孩纠缠，实在不是他一贯的行为方式。

由于撞车的事情发生得太突然，男人下车时没有来得及将车熄灭。他重新坐上驾驶座，转动方向盘，气鼓鼓地想快速离开这个是非之地。

大灯闪过，犹如一股神奇的力量驱使，男人的眼睛又不由自主地看向女孩的方向。

光亮中，那女孩竟没了踪影。

她消失了？

或者，刚才的一切只是幻影？

男人禁不住摸摸脑门，大为纳闷。再仔细看过去，原来，那女孩蹲了下去，像一匹受伤的小马驹一样承受着雨夜的凄凉。

看来，她是真的有麻烦，而且，还是很大的麻烦！男人暗自叹了口气，将已经踩在油门上的脚又收了回来。将一个女孩扔在没有人烟的雨夜里，无疑是一件连上天都不能饶恕的罪过，他相信这是他唯一不肯将她独自扔下的原因。

这一次他确确实实看清了，那女孩正在哭，而且哭得很伤心。她的悲伤是那样的毫无遮拦，一如黑夜的雨，漫无边际地洒向各方。她的忧伤是那样的有力，一下一下有节奏地撞击着他的心房，就像她毫无理由地撞向他的车一样。

他的眼泪也差一点流了下来，如果不是他不会落泪了，他想，他一定会陪着她一起哭的。伤心的人实在不止她一个。

"跟我走！"

只一句话，男人就毫不犹豫地抓起了她，将她抱在怀里，他要带她离开这夜、这雨和这莫名的伤心。

女孩被他抱到了车上。她没有反抗，就好像和他很熟稔似的，甚至，她都没有去看他。从始至终，他的影像都是虚幻的，除了高大之外，其他的一点印象也没有。

车子不知开了多久，终于在一个公寓前停下。

"如果，你不怀疑我的人品或高估你的魅力，可以跟我上楼！至少，屋里没有雨，也没外面这么寒冷。"

说完，男人并不看她，将自己这边车门打开，站在雨地里等她。

女孩啜嚅着不肯下车。

男人执著地在暴雨下站着，就像他知道女孩会别无选择地跟他上楼似的。

站着站着，也许是没有见到女孩下车，男人将整个身子转过来，面向她。

女孩的心开始怦怦地跳得厉害。

如果知道刚才女孩在想些什么，男人一定会感到欣慰。

就在已经过去的几分钟之内，她一直暗自说着道歉的话。

她是在一种恍恍惚惚的状态下扑向他的车的，她本不是一个会以那种方式选择结束的人，只是当时太伤心了。现在回想起来，她也不知道那一幕是如何发生的。不过，这件事如果传出去，她家注定将遭到耻笑，这不是她做女儿应该做的。父母就算万般不对，也总是自己的父母啊。虽然心里很不开心，但她并不想去伤害他们。为了家族的荣誉，为了保全自己、爸爸和妈妈的面子，她才反咬他一口。好在她反应还很迅速，没有让他看出破绽。这一路上，女孩都在心中说着忏悔的话。

当他直面对她时，她只得怔怔地看着他。直到这一

刻，她终于看清了他，一个无论从哪方面讲都可以称得上是相当不错的男人。

只是，在注视到他眼睛的那一瞬，她不禁打了个寒战。就像她在雨夜里遇到的闪电，让她感到惊心动魄。

那是怎样的一双眼睛啊，不仅黑白分明，而且，内里还盛了些类似沉重与压迫的东西。

他穿着一件深蓝色的西装，西装里面是一件同色系的浅一点的衬衫，领口上还系着一条已经歪歪斜斜的领带。他浑身都充斥着一种不那么令人讨厌的霸气，刚好和他的领带搭配得天衣无缝。也就因为这样，女孩才觉得他不至于隐藏着什么祸心。外表霸气是因为他将霸气散发到外表了，他的内心该是温和的。不然，他刚刚不会做出那些举动，也不会生那么大的气。

女孩像个听话的孩子，跟在他身后上了楼。虽然直到走进公寓时她还不知道他的姓名和身份，但是，她认为他对她而言没有危险。

这是一个三居室。一进门首先是一个不大的客厅。说是不大，其实也有十几平方米，只是女孩平时住惯了别墅，习惯了宽敞的有300多平米的大厅，所以，移步进他的公寓时，她无法将这个地方与他联系起来。

刚才已看到他的衣服，如果没有走眼的话，那应该是爸爸公司里首席设计师孙芊芊的获奖之作。孙芊芊是她的师姐，她老师的得意门生，而且又是她爸爸公司里的顶梁柱，所以她平时就很留意孙芊芊的作品了。能穿孙芊芊设计的衣服的人不会是没背景的人，而他的住所，又实在让人怀疑他的身份。算了，女孩想，管他什么身

份背景呢，只要他很善良，没有恶意就好。

"还站着干吗？那边是浴室，虽然小了点，但足够让你洗去一身雨水。如果你不介意，还可以到那边的柜里拿件适合你的衣服穿。不过需要说明的是，我家可没有女孩的衣服。"

在一个陌生的男人家洗浴？这怎么可以？女孩低下头，努力回忆着自己为什么肯跟他上楼。

"要不你就自己回家吧。我累了，要睡觉！"

男人一边脱西装一边说，像是忽然想起了什么似的，递给她一张100元的钞票，又说："对了，你把这拿上！如果运气好的话，下楼就能让你看到一辆出租车。"

泪水又渐渐地涌上女孩的眼眶。

家？她今晚要回家吗？回家后，将要面对爸妈怎样的脸色呢？他们会继续要自己认错并像痛斥坏人一样地痛斥她吗？如果自己不肯，是不是会再挨一次打呢？女孩看着他递过来的钱，呆呆的，没有接。

"我的卧室里还有一个浴室，我到那边去洗澡，要走要留随便你。"

男人将钱扔在身边的桌上，说话的工夫已将衬衫撂过肩膀、褪至颈部。

女孩吓得连忙闭上眼睛，还从没有男人在她面前这样孟浪呢。脱衬衣不是要将纽扣一颗颗地解开吗，他倒好，两手一抓衬衫的下摆，向上没头没脑地掀去。女孩注意到他时，他的衬衫正好卡在了耳朵边。

"睡在这儿吧，你的魅力还不足以让我萌生歹意！"

男人突然转过头对她说。他的两只胳膊像树枝一样

指向天花板，跟着他头转动的还有一个暗乎乎的小东西，飘忽在女孩的眼前。她很快辨认出，那是一把钥匙，铜制的钥匙。他真是个特别的人，女孩想。挂什么不好，在脖子上挂把钥匙，跟个怕走失的小学生似的。

男人进到他的卧室后，屋子里变得空旷起来。天花板上的灯发着昏暗的光芒，与脚下的木制地板杂糅到一起，倒也十分协调。

呆站了好久，女孩才下定决心。她磨磨蹭蹭地走到柜子前，假装很不在乎地拉开柜门。除了自己的衣柜，她连父母的衣柜都没翻动过。

衣柜里挂了一排西装，从深色到浅色；西装之后是一排衬衫，与西装的颜色正好件件搭配；领带也是用领带夹单独挂置；右侧的透明柜里叠放着经过熨烫的袜子和内衣，还有舒软过的羊绒衣、休闲衣、运动衣。简简单单，有条不紊，而且，全部是 7 件。

他是个单身男人吗？在看到衣柜里的衣服后，她产生了深深的困惑。假如他是，那他也是一个有小时工帮忙的单身男人，否则家中不会如此整齐。

又站了 3 分钟，女孩意识到，她不能再这样站着了，她的身体已经开始微微发抖，是雨水开始向她毛孔里肆虐了。她拣了最上面的一件衬衣和一条运动裤冲进浴室。

热水浇在身上的感觉好温暖。站在花洒下，女孩尽情地享受好像久违了的温暖感觉。也不知洗了多久，总之透过沾满了水汽的镜子，她看到自己的脸色已然红润。关掉淋浴器，她将身体擦净，把拿进来的两件衣服穿上。

澡已经洗完，衣服也已经换上，但对于拉开浴室的

门走出去，女孩还是感到颇为赧然。

出去以后，再见到他，该说些什么呢？

正在这时，他敲门了。

"洗完了就出来吧！"

没办法，女孩只得硬着头皮装出很随意的样子拉开了门。

门外的世界是另一番景象。

刚一跨出门，她就闻到一种香甜的味道，那味道迅速盖过了她洗浴用的洗发水和浴液的香味，接着，呈现在她面前的是他惊奇得合不拢的嘴巴和直勾勾的眼神。

女孩顾不得探寻那股已经沁入她肺腑的香甜了，慌忙低头看向自己。

一袭月白色的衬衫松松垮垮地套在身上，下摆已到了她大腿中部，下面穿的运动短裤刚好盖过膝盖，宽宽的有点像裙裤，脚上还趿着一双在浴室里看到的麻质原色拖鞋，使得纤细的脚踝看起来颇像麦田里的麦秸秆儿，样子是有点怪怪的。

"我——我——我没想到会是这个样子……但是……"

女孩结结巴巴的，脸刷地一下红了。

"没什么。我只是被你的样子惊呆了。你知不知道，你的这个样子很……很赫本！"

男人的眼光还是不肯从她身上移开。这让她想到了他不久前的承诺，他曾说过，不会侵犯她。要不要相信他呢？或者说，该拿什么相信他呢？女孩不禁暗自懊悔。

"赫本？是……奥黛丽·赫本？"

　　女孩虽然懊悔着，但还是充满疑惑地问。她是学设计的不可能不知道设计大师纪梵西，知道纪梵西就不可能不知道他创造的奥黛丽·赫本。自20世纪40年代起，赫本就成了优雅的代名词。而他，面前的这个男人，竟然说她很赫本。就她这个样子？他到底有怎样的审美观啊！她不禁对他心生责怪，这种责怪瞬间就盖过了懊悔。

　　"是……什么东西那么香？"

　　女孩说。她的肚子开始咕咕叫了。

　　"很香？有吗？哦……是我刚喝的杏仁露吧。"

　　男人还在擦头发上的水滴，一副丝毫没有领会女孩意图的样子。

　　"我还没吃晚饭。"

　　女孩鼓足勇气说了要求。

　　"哦！"

　　男人含混地答应着，脚步没有挪动。好像女孩在说一件普通得不能再普通的与他无关的事情。虽然这是事实，但女孩依旧对他的不理睬感到气愤。

　　那间留给女孩的卧室的门半开着，她很不情愿地向那走去。她一再提醒自己，她只是个路人，根本就算不上是个客人。然后，她就跨进了暂时属于她的房间。

　　意想不到的事情出现了。

　　屋内的桌上竟然不是空的。上面除了有一杯正冒着热气的杏仁露外，还有一块看上去非常可口的蛋糕。出浴室时闻到的香甜与这些东西的味道一丝不差地吻合着。

　　当女孩端起杯子时，她的眼泪再一次落下。她不能确定这是不是她此生中品尝过的最香甜的东西，但是，

她真的好喜欢好喜欢这感觉这温度这味道这色泽则是真真实实的。

喝完杏仁露、吃完蛋糕，女孩走出房间，打算向他表示谢意。

果然，他还在客厅，没有离去。他双脚正跷在沙发前的茶几上，眼睛紧盯着电视，手里还握着遥控板，不停地按着。

"感谢的话收起来向其他人说，我不喜欢！"

他淡淡的，语气出乎寻常的冰冷。

"你家的蛋糕挺好吃，还有那杏仁露。我只是想和你说这些。"

"不过是正巧让你赶上了。我每天临睡前都会又吃又喝。"

"还有……我想在这里坐坐，我还不困。"女孩说。

男人的眼睛蓦地移向女孩。

暗淡的灯光下，穿着宽大衣服的她显得更加瘦弱。

男人直起了腰，但是没将脚从茶几上移下，他向左侧移了移身子。

女孩在他的右边坐下。

电视频道在一个一个地换着，就像男人无法平静的心情。

好长时间的沉默之后，女孩终于开口了。

"这里……就你一个人住吗？"

"平时是。不像今天，比较特殊。"

"你家没有别的人吗？我是想说……"

"是。我丧怙失恃，又没有兄弟姐妹与妻儿。"

"啊?"

女孩讶然。一不小心,说到人家的伤心之处。

"对不起,对不起!"

女孩一迭声地说,眼里流露出深深的不安。她不知道怎样才能安慰他。

看不到的空气在客厅中缓缓流淌。两个人都陷入了各自的回忆中。

"你平时很爱哭?"

男人边说边看向她。

"……也不是。其实我今天也没有……"

"懦弱的人一向嘴硬。"

"我不是一个懦弱的人!"

女孩抬高了声音申辩。她知道男人在指那件事,她不能不有所表示,不然以后会给他留下话柄。一想到以后,女孩的脸又一次刷地红了。

女孩不自然地将眼光偷溜向男人,他正饶有兴致地盯着她看。他的手里还握着电视的遥控器,而且正不停地按着,于是她的脸也像被按到一样,红得更厉害了。

"……也许你是。但你还是一个善于选择懦弱方式的人。"

"我没有!"

"欲盖弥彰!我要是你……"男人紧紧地盯着女孩,一字一顿地说:"绝不选择这种方式。"

一股凉意重新向她袭来。只是这次凉意来源于他的眼神和他的口气。她不自觉地打了当晚的第三个冷战。

"哎,那张照片……"

　　女孩举起手中一张略微发黄的照片。照片上是一个很好看的女人，梳着烫得大波浪的中长发，眼睛熠熠有神，嘴角微翘着，像是看到了极为开心的事。

　　"谁让你动的！"男人突然老虎一样地扑了过去，一把将相片夺到手里，吼道："你为什么要拿它，为什么？谁给你的权利！"

　　茶几上的咖啡杯被打翻在地，骨碌骨碌地旋转着，发出的声响划破了雨夜。

　　也许是他抢照片的动作过于凌厉，女孩的左边身体全部倾斜在沙发外，她呆呆地看着地上的咖啡杯，一时之间无法搞清楚发生了什么事。

　　几分钟之前，这个男人还好好的，好到特意为她准备了吃的喝的；几分钟之后，他就变脸了，只是因为她拿了一张相片。

　　一张照片虽然可以承载许多回忆，但是，也不至于重要到对一个原本无心的人大发雷霆吧！

　　"我只是觉得，照片上的人很眼熟，所以……"

　　"眼熟？你会对她眼熟？她早已不在人间了！那时……那时还没你呢！"

　　"对不起！我……"

　　"好了，我不想听你道歉，更不想听你解释。带你回来我没觉得会是个麻烦，你也就不要给我制造麻烦了。你去睡觉吧！"

　　这一刻，女孩如果不是看到他的眼中有许多哀伤，真想站起来一走了之。她还不至于落魄到要寄人篱下看一个陌生男人的脸色。一直到躺在柔软的床上时，她还

是愤愤不平地这样想。

一晚就这样过去了。

又大又软的床让女孩睡得很香，早已忘了自己是在陌生的地方，直到听见拍门声她才惊醒。

"快8点了，你不去上学……或去上班吗？"

男人倚着门框问。眉梢上飞舞的亮光几乎使女孩怀疑昨晚对她发怒的是不是这个男人。

"我既不上学也不用上班。今天我休息。"

"你真幸福。我可不行，我要去上班了。而且，不能迟到。"

"那我马上走。昨天……谢谢你。"

"给——"男人的手上多了一个亮晶晶的东西。

仔细看，是一把钥匙，一把发着银色的铝制钥匙。女孩马上看向他的脖颈，她想到他那把生了锈的铜钥匙。

"这？"

"这儿的钥匙，你随时可以回来。"

"这怎么行？你都不认识我。我叫什么你也不知道。嗯，我叫……"

"别说！"男人直起身子，拉过女孩的手，将钥匙放到她掌中，凝视着她纯真的眸子，说："现在别告诉我。当你再回来的时候，我们不是自然就会认识了吗！"

"那就是说，你也不会告诉我你的名字了，而且……你还很希望我再来。"

女孩迎视着他。

面前的男人太让她晕眩了。他的成熟、他的洒脱、他的稳重、他的体贴、他的不羁甚至他的暴怒。

"聪明的女孩会被我欣赏。我先走了，走时别忘了把门关好。"

说完，男人真的走了。

偌大的家，就留给了她，她就像这里的女主人一样。她在想。

女孩姓宁，全名叫宁恩怜。她爸爸就是宁信之，拥有赫赫有名的宁氏企业。她的妈妈叫黎恩，恩怜名字中的恩字就是取自她妈妈的名字。

恩怜今年即将大学毕业，刚交了毕业设计，这几天正在家休整，也可以说正在找出路。如果有人以为她会理所应当地到宁氏企业工作，那就是太不了解现今的学生了。现今的学生都渴望有一份自己打造出来的天地。他们拥有远大的抱负和理想，想以一己之力撬动地球已是小儿科，成为宇宙的主宰才是他们认为值得一办的事情。恩怜也不例外。她绝不会选择到爸爸的企业寻求安乐窝似的庇护，而是想有朝一日，自己也能创立像爸爸那样的服装帝国，甚至更强于爸爸的。

当确信那男人已经离去时，她重新躺在了床上。她思考着接下来该以什么样的方式回家。家总不能不回的。这里毕竟不是她的家。

爸爸毕竟还是她的爸爸，妈妈也是她的妈妈，她这样夜不归宿，他们一定会焦急万分。

果然，恩怜的电话一拨到同学蔡灵家时，就证实了自己的想法。

"恩怜啊，你去哪里了？手机也不带。你妈昨晚打电

话找你，你昨晚是不是没回家啊？"

蔡灵关心地问。

宁恩怜有一点释然。

看来妈妈并没有告诉她昨晚她没回家。这样一个细节上，妈妈都在为她着想。夜不归宿的词不应该出现在她宁恩怜的身上，这毕竟有损于她的形象。恩怜开始感激妈妈。

"哦……我昨晚……"

恩怜后面的话说不出口了。

她打电话给蔡灵，本想让蔡灵帮忙，就说昨晚自己睡在她家，一道骗她爸爸妈妈，可是，听蔡灵这样讲，她不知道说什么好了。

"听你的声音怎么有点不对劲啊？你没生病吧！"

蔡灵紧张地说。她和恩怜是最要好的朋友。

"啊，我是有点不舒服。不过好多了。昨晚我……我淋了雨，发烧，后来去医院输液。蔡灵，你可不要告诉别人啊！要是我妈再问你，你就说我昨晚……很晚……我去你家了。后来就在你家睡了。"

"啊？你让我跟你妈编瞎话？"

"好朋友嘛！我不想让我妈知道我病了，她会着急的。你就帮我一下嘛？"

在恩怜的再三请求下，蔡灵只好答应。挂上电话后，恩怜想到，她该离开这里，该回家了。

她从床上站起身，手指无意中碰到一个冰凉的东西。

是钥匙。

他留给她的钥匙。

一个她既不知道姓名，更谈不上了解的男人留给她的钥匙。

"现在别告诉我。当你再回来的时候，我们不是自然就会认识了吗！"

那男人说的这句话再一次在恩怜的耳边响起。

她在想，她还会"回来"吗？

回来？这是一个什么样的词呢？

再回来？又象征着什么意义呢？

恩怜拿着钥匙的手不禁微微颤动。

时间过得好快。在思念、痛苦、挣扎、再思念、再痛苦、再挣扎中流转而过。到了 55 天以后的初秋之末，恩怜对那男人已不再有任何感觉了。

这期间恩怜还经历过 5 个胆大男生的求爱，和 7 次叔叔阿姨安排的相亲。她对那 5 个男生还算温和，只是用一句"我现在还小，还不可能考虑那事"搪塞掉；而另外那 7 个男人，她根本连正脸都懒得给人家。

叔叔阿姨、舅舅婶婶们一天到晚想着把她嫁出去，无非就是看中她的身世背景。她的长相比较能入眼，她的性格比较乖巧，那只是一种锦上添花，其实并不重要，最重要的是她的身份很有利用价值。生长在她那样的家庭，女孩大多像她一样，她见得多了。

工作她还没有找到，倒不是说没有单位肯要她，而是她对工作的单位要求太高。她没有生活负担，所以自

然想找能提高她设计水准的工作，这是她找单位的唯一标准。

这几天北京正在开一年一次的国际时装博览会。服装学院从学生中上交的设计稿中甄选了 50 件作品，而且作品的设计者可以担当此次时装博览会的专职推介。刚好蔡灵和恩怜的作品有幸入选。

在这样一个时装设计盛会上，来自于法国、意大利、美国、日本等国家的设计大师云集，所以观众大都去参观那些平时难得一见的作品，学生展厅里人迹稀少、门可罗雀。

整整一上午过去了，眼看离闭馆的时间还剩 30 多分钟，可是，她们俩守候的厅里还是没有一个人进来过。今天是博览会开幕的第四天，也是闭幕的前一天。

蔡灵焦躁地看向恩怜。恩怜正玩着一把钥匙。

"到底是谁家的钥匙啊？老见你拿起来看！"

蔡灵走过来坐在恩怜身边的展台边缘。这情景蔡灵见过好多次了，每次问恩怜恩怜都不说，但是，蔡灵还是忍不住问。

"我家的，我家的钥匙。"

恩怜的脸微红。她在心底说，她的话没错，那是她心灵之窗的钥匙。

只是，要开启的锁呢，那锁又在哪里？

自那天从他家走后，她当然没有再回去过，她也没带走他的钥匙，她将钥匙留在了公寓管理员那儿。她相信，她的心思，他能从那把钥匙上看出来。她不是个随便的女孩，怎么好拿着一个陌生男人的钥匙？他们之间

是那样的陌生，那样的尴尬！

恩怜的眼光留在钥匙上。这把钥匙没有他的气息，只暗暗地印有他的影子。边缘的齿状还令她想起他说话时不断闪现的牙齿，不过，和钥匙相比，他的牙齿健康多了。

这一把钥匙跟那男人留下的一模一样，是恩怜偷偷配的。那天她从他家出门后，先是到街上找了个工匠，磨配了一把相同的钥匙，然后才将那男人的那把钥匙留还给他。说到留存这把钥匙，恩怜不得不承认，她是受到他脖颈上挂的那把钥匙的启发。他为什么会挂着一把钥匙而不是别的呢？那该是个信物，恩怜想。同样的，现在在她手中的，也不只是一把钥匙，而是一个信物，或是一个纪念物。是个由无数的想念、思念、痛苦和挣扎堆积起来的纪念物。

"你别发呆了！我都快急死了，怎么一个人也没有啊！"

蔡灵在一旁叫。

"是啊，我也很着急！"

恩怜懒洋洋地说。她站起身来，走到门口，看向外面。

外面人来人往，摩肩接踵，一派热闹景象，全部是从大展厅走出来的。

大展厅里的参展单位才是每年一次的全球时装博览会的正式参展单位。其中的一个重要组成部分就是宁氏企业。每一个人手中拎的袋子恩怜都非常熟悉，那是宁氏企业的广告袋，是她爸爸亲手设计的。

距那天的不快也已很多天了，恩怜就像其他的女孩一样，早已又变回爸爸妈妈的乖乖女。她的眼中写满笑意，回过头神气地看向蔡灵。

"瞧，他们拿的都是我家的袋子！"

"那都是一群爱占小便宜的人！你美什么！"

蔡灵笑着说。她喜欢在恩怜特别得意时打击她一下，不过，那绝对是善意的。

"妒忌！我能了解，你这是妒忌心在作怪！"

恩怜回击道，并慢慢地走回来。

"喂，恩怜，要不我们到门口去招呼些人进来吧！"蔡灵说。

"什么？你叫我……你有没有搞错啊，蔡灵？我们是设计师，不是拉客的！"

"那怎么办呀？明天老师问起……"

"你放心，我算准了，3分钟之内肯定会有人来。这么多参加展会的人，我相信，一定有明眼人来参观咱们的作品。"

"我不信。你有什么法力啊，能算得那么准？"

"不信？你连我的话都不信？那……我们打赌吧！"

"好！你说如果3分钟没人来怎么办？"

"如果没人来，那……那你说吧！"

"罚你！罚你……这样吧，如果有人在3分钟之后才进来，你要像导游一样负责全程解说，怎么样？"

"没问题，现在开始计时。"

说着，两个女生同时望着手表。

时装博览会的规模越来越大，这届的参展商达到2000多家。所有参展的服饰与设备全由橘上的物流公司承运。所以，橘上忙得到现在才有时间来看展览。

橘上是在半个小时前进入展馆的。他一个人，没带秘书，而孙芊芊在其他地方与一德国采购商谈判，所以，他悠然自得地一个人走进衣架和面料的阡陌之中。

一家一家地扫过参展商的名牌后，橘上终于看到宁氏企业的展台。

30多个模特正在特意搭起的T形台上展示服装，T形台下围观的则是黄头发、金头发、黑头发及绿头发的专业人士。

宁氏企业的老总不知有没有来，橘上想。由于橘上的物流公司一直承担宁氏的运输，所以，宁氏的老板宁信之也一直想见见橘上，橘上也是一样。有着紧密合作的两家老总总应该见个面啊！虽然和宁氏企业比较，橘上的物流公司还算不上很成气候，但在物流行业里，橘上公司的地位也确实独一无二。

这样的场合按理宁信之应该出席。

今天该能见到他吧！

正在这时，橘上的手机开始振动起来。

橘上拿出电话看，是大学同学兼好友上官文佩拨来的。

上官文佩出生在面料商世家。他家祖上一直做面料生意，到了他这里，还是延承祖业。文佩的爸爸现在是上官面料集团的老总，文佩目前只负责其中一家专门经营丝绸和棉布的公司。平时上官集团的运输工作，也是

交由艾氏物流公司。所以，他们既是同学、好友，还是生意上的合作伙伴。

"你在展会吗？"文佩问。

"在啊。我在大展厅。"

"那我们见个面。"

"这里太吵了，我们换个地方吧！"

橘上一边说，一边盯着宁氏企业的展台。

"好啊，你觉得什么地方清静一些？"

"学生设计厅会不会人少一些呢？我们到那里碰面吧！"

说着，橘上挂断电话，迈开步子向学生展厅走去。那里也是他今天计划要去的一个地方。

走的时候，橘上看了一眼表，准确的时间是16：09分。

闭馆时间是16：30。

几乎是同一时间，橘上脑中计算出另一个数字79689。

这些天，每当他一看到时间指针，脑中总在不自觉地运算。

这个数字是和她分手的分钟数。

看表时，离和她分手的时间已有79689分钟了。

那是一种怎样的滋味呢？

应该是一种过了多少个分钟就有多少种懊悔的滋味。

也就是说，已经有79689种的懊悔在他心头出现了。

他真不明白，当初他为什么要假装潇洒？

明明喜欢她，为什么连她的名字都不问？

面对那样一个纯洁的女孩他问自己，是在逃避什么吗？

还是因为有了孙芊芊而感到道义上的缺失？

缓缓的，橘上从兜里拿出一个冰凉的东西。一把钥匙，那天他留给她后来她又退回的钥匙。他的手指按在上面，想像着按住的是她的指纹。

指纹不是一个人的基因代替物吗？凭借着一个指纹难道不能激活 GPS 吗？难道不能给出她的准确位置吗？橘上在心底里怒斥着科学的不实用性。

这时，电话又振了。

橘上一手握着钥匙，一手拿出电话，并将目光投向电话的显示屏。

这次，他收到一条短信。

"您好：您订购的资料：宁恩怜，女，22 岁，服装学院设计系。后附照片……"

接着，出现在橘上手机上的是一张颇为清晰的她的照片。

照片上是一张无忧无虑的笑脸，那张笑脸正对着她。眼睛还是那天晚上见到的那双眼睛，只是神采全然不同，相片上的她让人觉得温暖。

橘上握着钥匙的手骤然发紧。

显然，与蔡灵打赌的恩怜输了。

都已经过去好几个 3 分钟了，还是没有一个人进来。无奈的，她和蔡灵拿起轻柔整衣器，走到展架里，一件一件地整理起衣服来。

　　老师和同学们都说，这次参展作品中，最出色的就是恩怜的作品了。对于这一点，恩怜倒觉得受之无愧。一袭坠地的晚礼服，用的是最普通的绸质面料，色彩选的也是很保守的黑色，领口和袖口几乎没有变化，全然继承了中国旗袍的样式，只是因为搭配了一条雪白的狐皮披肩，整个晚礼服就给人一种由柔软、丰满与馨香组合成的金贵感觉。这也是毕业设计中唯一被老师打满分的作品。只可惜，在强手如云的展会上，像藏在深闺之中的瑰宝一样，不会有很多人看到。

　　恩怜将自己设计的那套礼服整理完毕，叹了口气，又走到一件衣服前。

　　这是一套深蓝色的西装。穿着这套西装的模特高高大大，令恩怜一下联想到那个雨夜的男人。这套西装他要穿上一定会特帅，恩怜想。

　　这时，她听到门口传来脚步声。她和蔡灵同时向门口看去。

　　一下子，恩怜不禁呆住，她拿着整衣器的手也停在了半空。

　　进门的正是那个她日思夜想的男人。

　　"有人吗？这里还有人吗？"

　　跨进大门后，橘上没有四处张望，而是站定了一个位置，随意地问，一副等待下属迎接的样子。

　　恩怜和蔡灵正藏身于衣海之中，所以一时之间，橘上没有看到人影。从他的样子可以看出，他是诚心实意地来看学生作品。

　　"喂，你去啊！"蔡灵猛推了恩怜一把，低声说道：

"你输了！你快去啊！"

说完，蔡灵还轻声笑着，颇为得意。

就这样，恩怜像油画中的人物一样，款款走入橘上的视线。她穿了一件淡藕色的连衣裙，裙的边缘有翠绿色搭配的枝蔓，像是荷花的茎托着含苞的花。她的脸淡红淡红的，像白白的天际染了一抹朝霞，有些不自然，但又有些撩人的娇羞。

从那双躲躲闪闪的眼睛中，橘上看到了惊讶背后的真实内容。他呆呆的，足有1分钟没有任何表示。

当时的心态橘上回家后想起时，一直坚持将它归之为惊讶。他认为相比之下，更为惊讶的不是恩怜，则是他。他从一进门没看到人，到猛见有人冲出来，再到出现的是朝思暮想的她，他全然没有一点儿心理准备。他在找她的确不错，每一分钟他都在想像着找到她，但他绝没想到会以这样的方式、在这样的地点，偶遇到她。

很多邂逅都是以这种令人不备的方式开始。现在橘上不得不相信，这世上真的有一条线，一条会连接两个人的红色丝线。不过，他和她的线，说不定会是蓝线。一种代表着悲伤、不幸、危险和死亡的蓝线。

她的长发还是那样乌黑，脸上的眸子还是那样明亮，嘴角还是那样微微向上翘着，虽然流露着与那个雨夜不同的羞涩，但是，与他曾经度过的整个思念旅途中的人相比，没有一丝变化。

"是你？没想到在这里见到你！"

橘上说。他怎么也是男人。男人的沉默在某种程度上表示内心的慌张。何况，他对讲什么样的话能讨小女

孩喜欢驾轻就熟。

"嗯，今天由我值日。我和我同学。上次没告诉你，我在服装学院上学。不过，我马上就要毕业了。"

恩怜的神态也逐渐恢复到自然。毕竟他们之间没有什么。总不能让他看出她的思念啊！毕竟，她是女孩！

"来看展览吗？我给你介绍吧！这全是我们学校的学生设计的。"

恩怜说。同时，她迈开了步子，示意橘上跟着她走。一旁蔡灵的善意的幸灾乐祸她早已看到。

"好啊！我是个门外汉！"

说着，橘上拿出了手机，并在上面按着短信。

他的短信是发给上官文佩。在短信中说，他这会儿有点事，要上官文佩20分钟后过来找他。他只给自己留了20分钟，这他已经觉得过于富裕了。有的事，他认为，在几分钟之内就可以，而且也应该解决，多留一点时间，是因为他真的想看一看她，对她的思念已让他颇受折磨。

"那天你走后，我……"

恩怜想向他解释钥匙的事情。

"设计一件衣服要花很长时间吧！"

橘上按照自己的思维方式进行。他不会让一个小女孩带着自己走入聊天的境地，哪怕那是一种非常美的享受。

"是啊！嗯，你是做什么的呢？"

恩怜问。既然他不听自己解释，说明他还在生气。他来看展览，想来与时装业跨行不远。或许是为他自己

挑选所穿的衣服吧！恩怜又有一种新的想法。

"这个地方……不适合我回答你这种问题！"

橘上说。他的眼睛转向恩怜设计的那套晚礼服。

每套参展的衣服前都挂着一个纸做的小牌儿，上面写着设计者的姓名。恩怜诚心诚意地希望他能看到，那可是她的骄傲啊！

他的口气再一次说明他还在生气。不过恩怜觉得她不在乎，她想请他走到自己的设计前，看看清楚。

"我们到那边看看吧？"

"不。我想先看看男装。你给我个建议，觉得我穿什么样的衣服会比较好呢？"

说着，橘上扭头看向恩怜。

"这件，这件怎样？"

恩怜顺手指指那套深蓝色西服。

"和你的身型、尺寸都一样。要不要试试？"

"你怎么知道和我的身型尺寸都一样？我给过你尺寸吗？"

说这话时，橘上特意转过头来凝视着恩怜。

恩怜的脸刷地红了。好像那个雨夜他脱衣服时，被她无意中看到的事让他知道了一样。

"我……我……"

恩怜嘟哝了好几下，都没说出个所以然来。幸好蔡灵离他们远远的，不可能听见他们的谈话，要不，她就麻烦大了。

"不过，这套衣服的版型倒是不错。的确比较适合我！"

橘上收起了深深的凝视，换以淡淡的笑容。

"要不要试试呢？如果你喜欢，我愿意帮你按照这个样子缝制一套，也算是我谢谢你！"

恩怜红着脸说。

"好啊！反正……我一般不到外面买衣服穿。"

恩怜看向他身上的衣服，又是孙芊芊的作品。她曾经在他家衣柜里看到过的。

"哎，你觉得……这个展厅里，哪件作品不错啊？"

"你能告诉我哪件是你设计的吗？"

"不行！那样会让你的评论产生偏颇。你用客观的眼神看吧，也好让我找找差距。"

"真的？你有这么好的心态？"

橘上低下头问她，仔细地看了看她的表情，仿佛真要对这里的作品大加评论一样。

这有什么呢？恩怜想。能听听业外人士的评论，也是一件好事。毕竟时装是设计给顾客的，不是设计给设计师的，每天遇到的也不光是专业分析。

正想着呢，橘上已从整个展厅的作品前匆匆走过，停在一件作品前了。

橘上的手顺着雪白的绒毛，轻轻捋到狐皮披肩的尾部，又用爱不释手的动作，触及到旗袍的丝质手工绣花，然后，他拿起了作品上挂的写有设计师名字的纸牌儿，仔细地看了看。

恩怜的心一下提到喉咙，他看的作品正是她设计的那套晚礼服。他的脚步曾从这套作品前走过去，现在，他又回来的含义是……

"你看中这套晚礼服了吗？它是不是很特别？"

恩怜问，掩饰不住的欣喜浮现在她脸上。

"是啊，我看中了它！我觉得它确实不一般！"

橘上笑着说。他转过身来看向恩怜，恩怜此刻离他的距离只有 20 厘米。

很清晰的，恩怜听到面前的男人说："一堆垃圾！这是我看到的，整个博览会上，唯一可以被称为垃圾的作品！唉，我就说嘛，来参加博览会的设计师怎么可能都一个水平呢，怎么也要有一些垃圾作品来衬托那些好的作品啊……"

后面的话，恩怜已经全然听不清了。正当她手足无措时，面前的男人还一下扯断了衣服上的设计师名牌儿，再接下来，他交叠起来的两只手，不知怎么的一用力，厚厚的纸牌儿就被撕得粉碎，像细沙一样窸窸窣窣地从他指缝中散落在地。

"喂，你……"

恩怜张口结舌地说不出话来。

"怎么，这种垃圾作品也配称为是设计吗？就算他是你的同学我也不会给他留面子，这种没水准的人，不告诉他，将来只会让面料厂发横财。是不是？"

说完，橘上还特意掸掸手，像是掸掉很脏的东西。

　　说到时装设计师，不能不提到一个人，零零时装设计室的老板肖民。肖民出生在贵州省的一个小山村里，他的童年基本上是在树林里逮一种能入药的黑蚂蚁为生、为乐。说是为生，那里的家家户户都要靠卖黑蚂蚁的钱吃饭，说是为乐，孩童时代在山里转悠也有很多城市里的孩子从没享受过的乐趣。

　　肖民的爸爸妈妈个头都不高，爸爸只有一米六五，但这在当地中算是可以打篮球的个儿了，虽然他们家甚至他们村的人都不知道打篮球是种什么运动。他们的个头不高与他们家居住地的水质有很大关系。山村的人常说，个儿长高了其他的就会缺的，所以，肖民的爸爸妈妈一直多病在村里人看来也是常事。

　　肖民可以算是独子，他爸爸妈妈发誓要将他送出山村，有哪个父母不希望自己的儿女长大后能幸福呢？所以，为了让肖民过上朝九晚五的生活——朝九晚五的生

活是那里的村民最大的梦想，而考上大学则是过上朝九晚五生活的最保险的办法。肖民的爸爸妈妈为了供肖民读高中，甚至把他们刚出生的一个女儿和祖上的房产卖掉，换了钱让他继续读书。

偏远地区的教学质量远比不上大都市，肖民在第一年高考时没有如愿以偿地考上大学，他的爸妈止住眼泪，又紧紧裤带，决定再供肖民一年。能读到高中毕业其实在肖民他们山村已经是破天荒了，再白吃白喝什么都不干地又读一年书，肖民实在不忍让爸妈再受那么多苦。他也曾动过念头，跟爸妈讲明他不再念书了，他想像同村的其他男孩一样到外面去给人打工。但是，一想到爸妈的全部寄托和多年的希望，他还是决定先忍住人家的白眼，发奋苦读，一定要考上大学，将来好好地孝顺爸妈。

白天的时候，肖民走20多里路，最早一个赶到离村里最近的一个镇上念补习班，晚上，他是补习班最后一个离开的学生。这一来一去他就坚持了大半年。他的这种精神终于将一个已经年迈得说话有些颤抖的老师感动了。老师在其他学生都走后对他说了一番发自肺腑的话，那番话给肖民的未来指明了方向。

老师对肖民说，以他的资质，在这一届还是没有胜算能考上省城的大学，哪怕是师专，他也不见得有多少希望。可想而知当时肖民对这番话震惊的程度，这不是复读那大半年的心血，而是父母亲多年的心血即将白流。当肖民就要失声痛哭时，老师对他说了一句话，他当时就给老师跪下了。多年后，他想起那一幕，还清楚地记

得老师对他说的是，"如果你听我的话，我保准你能考上大学。"

后来肖民才知道，那老师是有来历的。他是中央美院的教授，曾带过很多博士生，老了以后想回归故土，所以放下了北京的一切回到了贵州这个贫瘠的小镇上。

无疑的，老教授给肖民指的路是非常正确的。考艺术院校有一个好处，就是录取时高考的分数比寻常学校低很多。分数线一降，肖民的压力自然没了。在老教授手把手的指导下，或者是说肖民天生就有绘画的潜质，再加上有老教授在肖民临行前写了一封分量不轻的推荐信，总之，当年肖民是以文化分和专业分第一的成绩考进中央美院的。

就像是事先设计好似的，肖民拿到录取通知书那一天，他的爸爸妈妈同时闭上了眼睛，他们的任务到此完成了。肖民在哭过之后，怀揣着一定要成为人上人的决心扎进了北京。

人有多大的决心就能干出多大的事情。肖民从刚一入校就一路获奖到他毕业，风头盖过了其他的所有同学。有很多享誉全球的设计室向他招手，他一一谢绝，而是靠自己在学校里挣的一点外快开了一家完全属于他自己的设计室，并且，他也有了各方面条件都不错的女朋友，一个服装学院的讲师。那个讲师说来与宁恩怜及蔡灵还有孙芊芊都有着关系，因为她是她们几个人的老师。

每一年的时装博览会召开肖民都会整天地待在会场。他确信，设计这活儿是在看过无数个作品之后产生的灵感，如果见识不多，就无法产生一个好想法。

而今天是博览会的最后一天，他刚巧走到学生设计厅，想到自己的女友指导出的作品，平时他没时间顾及到她的工作，甚至连她的工作单位都没时间去，所以此刻他觉得他应该进去看一看。

肖民进到学生展厅时，极巧的，刚好是橘上将写着宁恩怜的纸牌儿撕碎的时候。他走到宁恩怜设计的作品旁边时，恰好听到橘上的一番看似随意的话。

恩怜的好友蔡灵像小猫一样，早已溜得无影无踪了。她的这个举动恩怜早已料到。蔡灵是个胆小的女孩，她本以为恩怜不会遵照打赌的约定，当看到恩怜毫不犹豫地向一个陌生男人走去时，她只能以假装出来的幸灾乐祸或是躲藏来掩饰她的惊讶和怯懦了。

当恩怜和橘上同时看到又有一个人走到他们身边时，他们两个同时认为，来者是被他们的谈话或是被橘上的行为吸引过来的。不过，如果他们问一问肖民的话，他们就会大失所望。

肖民之所以走到恩怜和橘上身边，主要是被恩怜的作品吸引过来。好的作品总能令人眼前一亮，肖民对面前的黑白礼服的感觉就是如此。

他的手轻抚狐皮的雪白毛尖，一路捋到披肩的尾部，又从礼服的腰部捋向礼服前胸的绣花上，与橘上的动作竟毫无二致。

"哦，太漂亮了！这是学生设计的吗？简直不敢相信，这是我在博览会上看到的最漂亮的一件作品！"

橘上和恩怜的眼光同时转向了他。

"真的吗？"

恩怜的眼睛中出现了泪光一样的东西。前1分钟中，她听到了世上最不留情面的批判，后1分钟中，她又听到了她有生以来最无上的赞扬。

"真的！我的话不会有错！你也是服装学院的吧，我叫肖民，和你们学校的老师比较熟！"

肖民向恩怜伸出了手。

这该是恩怜见过最崇拜的手了。恩怜一下子握住了最崇拜的人的手，好长时间都没有松开。

在遭受到橘上的打击后，恩怜本对自己设计的作品产生了严重的怀疑。毕竟，那批判不是来自于别人，而是来自于她有生以来最在乎的一个人。听到夸奖后，她只是觉得稍微有些安慰。但是，当肖民说出名字后，恩怜觉得整个人开心得都要飞起来了。

在上课时，恩怜听老师夸奖一个作品时，一般都是这样说的："肖民说……"在同学们的眼里，只有肖民的夸奖才是真正的夸奖。

"没想到见识和个子也能画上等号！"

一旁的橘上忽然说。

"是吗？你的个子是很高，可是我也想听听你凭什么说我见识短？"

肖民的声音非常和缓，他心平气和地看着橘上。从橘上的话中他已听出，橘上是在对他夸奖黑白礼服嗤之以鼻。这是肖民不能容忍的，他想，他一个堂堂的颇有盛名的设计师，说出的话代表着他的水准，何况这的确是件很精美的设计。

"想听吗？"橘上又是一声轻笑，将头向四处随意地

溜溜，动作中充满了太多的嘲笑："……本来不想给你们上课的，但看在你们俩都很虔诚的分上……"橘上边说边捏起狐皮，接着说："这叫设计吗？这叫拜跪！设计师不是以美为标准来进行创作，而是以大把的金钱进行创作。所以我说这不是设计，而是在金钱面前扬扬得意地拜跪。真正的设计师，设计出的作品是最简单的，用料也是随手可及的，试想一下，如果没有这么上等的狐皮，和这上等的真丝绣品，这还是件作品吗？它还能在这无数盏耀眼的灯光下散发出夺目的光彩来吗？"

"你说的我无法接受！同样是设计，可以用报纸、塑料等材料，也可以用毛皮、丝质，谁也没有规定非要用……"

肖民反驳着，可是，他的话只说到一半就不再说了。因为他发现他讲话的对象已经没事人儿似的走向展厅外。

一旁的恩怜还在握着肖民的手，可是眼睛已经看着橘上的后背了。

肖民轻轻挣脱恩怜的手，看着恩怜，问："这件作品是你设计的吗？"

恩怜点点头，转回的目光中有着无限的愧疚和难过。

"我说你的作品很好，就是很好。回头咱们联系！"

说完，肖民也走向展厅外。

望着空空的展厅和那消逝的背影，恩怜开始悲伤起来。原来，她的心中一刻都没放下过那个男人。同学的求爱、安排的相亲，她的回复要多强硬有多强硬，可是，见到他的那一刻，她已经在幻想了，幻想着他一旦对她说，跟我走吧，她就会径直地投入他的怀抱。这种感觉

如果用个词来形容,"恋爱"是不是很适合?

"恩怜,恩怜!"

蔡灵向她眼前大力晃着手,感觉好像恩怜变成了盲人。跟她讲了半天话,恩怜只一个劲儿地看着地上,地上除了星星点点的纸片,再无他物。

"我问你这是谁干的?真讨厌!"

蔡灵大声地说。这一次,恩怜听清她的问话,回答她说不知道。是的,她本来就不知道他是谁,他总是在她料想不到的时刻出现,他的身份是那样神秘。

"我去找东西来把这儿清理清理,这是谁呀,这么可气!"

蔡灵说着就往外面跑去。虽然是最后一天,女孩的天性也不想让展厅脏乱。

换作往常恩怜肯定抢着去了,她不是一个懒女孩。可这会儿没有,她只是又将目光盯在自己的作品上,怔怔地想,那还算不算是一件作品。或者,自己精心设计的式样,如果换作其他材质,能不能再出这样的效果。

这时,身后响起了脚步声。恩怜觉得不能再无动于衷地站下去了,没有理由让蔡灵收拾并不是她造成的残局。恩怜没有回身,将手伸向后面,轻轻地说:"给我吧!"

然后她就碰到了一只手,她还反手抓住了那只手,想从那手里接过工具,直到实实地抓住时,她才蓦然惊觉,那不是蔡灵的手,蔡灵的手没有这样大,那是一只男人的手。

恩怜猛然回头,面前是一个儒儒雅雅的男人。

"啊，对不起，对不起！"

恩怜连连道歉，羞红了脸。

儒雅的男人温和地笑了，他低下头去看看自己的手。她尖巧的指甲在上面留下一点抓痕，给他的感觉就像他的心一样，有点痒。

"你这么紧张？是我吓到你了？应该说对不起的人好像是我！"

旋即地，恩怜又低下头去。她看到男人眼中含着故事，她没心情成为故事的主角，何况她的整副心思还在那个人身上。

蔡灵终于拿着清理地面的全套家什跑进来了。恩怜从伫立在她身前的男人右侧绕过去，去接蔡灵。对于蔡灵惊讶的目光，恩怜则选择假装没看到。

"不用了，恩怜。你们说话吧！我来清理就可以了！"

蔡灵认真地说。她没想到，她无心的一句话落入了有心人耳中，一下子泄露了很多秘密。

站在恩怜身边的男人马上就捕捉到面前女孩的名字。他的眼睛发亮，唇角溢出一丝笑意。

"你叫恩怜吗？很特别的名字。我叫上官文佩！"

"哦……"

恩怜含混地应了一声，她对别人的名字没有兴趣，但因为他是四个字的，所以一时之间她还是记住了他的名字。她想起她妈妈曾提起一个生意伙伴，好像也叫上官什么的。

"交给我吧！"

上官文佩从蔡灵手中接过家什，清理起地面来。他

知道，如果他不做，他面前的女孩就会伸手干。像她这样的女孩，只适合像画儿一样供在家里。她生的模样天生就是让人家画的。不用看到她干活，只要一个想像，文佩的心就会感到剧痛。

地面上的纸屑完全清理干净后，文佩的电话响了。他拿出来一看，是橘上发来的短信。短信里说，自己有事先走了。并跟文佩约在改日。

这样一来，文佩有了留在恩怜身边的时间了。像是听懂了文佩的内心，展厅的关闭铃声在此刻响起，文佩笑着对恩怜说："你回去吗？要不坐我的车，我送你。"

恩怜向他笑笑，她看出他不是一个常追女孩的男人，虽然他的脸色很自然，话也说得很流利，但他眼睛里写的都是真诚。恩怜从不戏耍别人，不像她的某些同学，一见到有男生追自己，就拼命地折腾人家。

文佩看出她的笑是拒绝，不过他没灰心。他仍然用肯定的语气说："我是想顺道送你。"

这一下恩怜笑出声了。旁边的蔡灵还没醒悟过来，直问恩怜在笑什么。

"他说他顺道送我，他怎么知道我去哪儿？哪儿来的顺道啊？"恩怜说。她的笑还是没有停，她已经好久没有这样笑过了。

"你去哪儿对于我来讲都是顺道。"

文佩的话依然用肯定的语气。这一次，恩怜明显听到了追求的意思，但她可不想给自己找麻烦。所以恩怜赶紧说，她已约了男朋友，男朋友会在门口等她之类的话。

文佩心下暗叹，这个结果其实并不出乎意料。像恩怜这样优秀的女孩，怎么可能没人追呢？听完这番话，文佩跟所有没追上女孩的男人一样，转身黯然走掉。

从展厅一出来，恩怜就和蔡灵分了手。她虽然没有和男朋友约好，但是，她是真的要去男朋友那里一趟。在她心中，橘上就是她男朋友，尽管她此时还不知道橘上的名字。

叫上一辆出租车，恩怜直接说了橘上公寓的地址。下车后，恩怜急匆匆奔向公寓管理员那儿，熟门熟路的样儿一点也不像第二次来。

管理员还是个四十多岁有点秃顶的男人，但那管理员显然不记得她了。

"您还记得我上次将903的钥匙留在这儿吗？"

恩怜问他，并将自己颈中戴的钥匙拽出来给他看，用以提示他。管理员好奇地瞪大眼睛，双手一摊，表示莫名其妙。

"903，903您知道吗？"

"知道。可这儿什么也没有，没有903的东西。"

"哦，我上次留的钥匙您交给他了？交给903的住户了？他这几天回来了吗？"

"噢，我……好像想起来了，很多天以前，你把一把钥匙放在这儿，是不是？903是个小伙子，长得挺帅的，是不是？那钥匙他第二天就拿走了。"

"他说什么了吗？"

"哎呀，都那么多天了，那我哪儿记得住啊！再说，这公寓里那么多住户……"

　　恩怜从书包里取出一枝笔和一张纸，刷刷刷在上面写下自己的电话号码，交给管理员。这才是她今天来这里的目的。其实在走到公寓门口时，她还萌生过上楼直接去找他的想法，但是，一想到找他之后该开口说什么时，她又打消了那种想法。

　　本来恩怜是想在电话号码后面写上自己的名字，但一想到他撕她的名牌儿时的毫不留情，她就有些忿忿然。当然，这也是她找他的原因，她要让他与她继续展厅里未讨论完的话题，她要让他明白，她的作品并不是他所谓的"垃圾"。

　　走上街头回望公寓的一刹那，恩怜开始想，他不会不理会自己吧。自己巴巴地跑去找他，他要是不理会那该多没面子啊！但是，恩怜又想，不会的，从他进展厅和从展厅出去的眼神中，她可以看出，他并不讨厌她，相反的，他还有点喜欢她。女孩子对异性表示的喜欢很少有感觉不到的。

　　一路上，恩怜都在提醒自己，回到家后要记得给手机充电，免得因没电接不到他的电话。而且，就目前的状况，她正在用的电池只剩下一格电了，家里的那块电池好像也是没电的。

　　想到这里，恩怜立即结束了在大街上的游走，伸手拦了辆出租车风驰电掣地驶往家的方向。

　　恩怜刚一进家门，一个陌生的手机电话就进来了。恩怜顾不得换上拖鞋，一脚踩上擦得干净得透亮的地板，冲向自己的房间。

　　待关上门后，手机终于失去耐性，不再唱歌了。恩

怜从记录里调出来电的号码，待自己的心跳稍稍平静后，拨了过去。

"喂，请问，您是不是刚才拨我的手机？"恩怜说。

"是。请问你是宁恩怜吗？"

恩怜一下子紧张起来，他怎么知道她的名字，而且是在这么短的时间。恩怜心想，那原因只有一个，就是他也很在意她。

"请问你是怎么知道的？"

"你老师告诉我的。事先没有经过你的同意，对不起了！"

电话那头说。

"哦，没关系啦！我还以为你看到了……"

"我是看到了，看到你的作品，所以才打电话给你。"对方说。

直到这时，恩怜才听出，电话里的声音不是那男人的声音，那男人说的一口不是非常流利的京腔。

短时间内，恩怜意识到，给她打电话的人该是肖民。再回想一下下午听到的声音，恩怜更证实了自己的判断。她的心忽悠一下沉了下去。

"我是肖民……你在听吗？"

"哦……哦，对不起，您再说一遍。"

"我想聘你到我的工作室来上班，听你老师说，你还有个同学，叫蔡灵，也很有天分，我想请你们两个一起来我的设计室工作。"

"哦！"

恩怜答应着，语气中竟听不到一点兴奋。要是在往

常，她肯定会高兴得跳起来，能进零零设计室，那可是她做梦都没有想到过的。虽然零零设计室并不是很大，但它非常有实力，而且是一个能学到很多东西的场所。和所有刚毕业的学生一样，恩怜很期待能到那样一个专业设计场所上班。

"……怎么样，有什么意见吗？或者你有什么需要问的吗？"

"嗯，没什么问题。哦，对了，刚才您说蔡灵会和我一块儿去？"

恩怜的兴致终于有所升高。能和好朋友到一个地方工作，不觉得孤单是一个方面，能延续彼此的友谊也是恩怜极为重视的。除了爸妈，蔡灵算是她最亲近的人了。

和肖民确定了上班的日期后，恩怜又开始思想起橘上来。她不断计算着、设想着，他会什么时候打给她电话，可是，整整一个晚上，橘上的电话还是没来。

第二天是个天清气朗的日子。

孙芊芊是个地道的北京女孩，自小就受到老师和同学的无数称赞，除去相貌美、身材好、聪明、自信外，就是反应快。反应快这一优点在大多数北京女孩的身上都能找到，但当大家都将这一优点强加在孙芊芊身上时，只能说明她有着比一般女孩反应快的绝对优势，这一评价绝对恰如其分。确实，在很多场合孙芊芊能将这一优势发挥得淋漓尽致，这也从一方面成就了她和橘上长达两年之久的恋爱关系。

橘上是个外表公子哥、内心故步自封的人。芊芊曾听说，在她之前，橘上基本上是每周换一个女友，更换的原因基本上也都一样，他嫌她们太笨。他说他喜欢聪明的女孩，所以在认识了孙芊芊之后，他不再更换女友，孙芊芊成了他固定的身边人。

孙芊芊当然对这个理由深信不疑，每一次橘上流露

出不开心时，她总能化险为夷，安然越过。虽然为了迁就橘上，孙芊芊已经将"筹建罗马"一事搁置在一旁，但这并不代表她放弃了。而随着她与橘上的进一步交往，"筹建罗马"则变得更为重要和紧迫。

不知谁曾讲过一句流传了很久的话，叫"条条大道通罗马"，而孙芊芊心目中的罗马呢，用"人上人"三个字即可囊括。生在北京、长在北京，见识比寻常地方的女孩多一些是正常的，孙芊芊有着过目不忘的本领，只是她记住的都是"人上人"的细节，而不是其他什么知识。对于如何筹建"罗马"，她在听过一次肖民的开导后，就明白了自己该如何做。

那还是孙芊芊作为学校代表参加比赛时，她在其间认识了仰慕已久的肖民，当时肖民的身份不仅是她老师的男友，还是比赛的裁判。

肖民看过孙芊芊的作品后，对她极尽赞扬之辞，当时的孙芊芊就如同今天的恩怜一样，一下子就云里雾里地晕了。

也就是那次之后，她才明白当一个设计师远远不如当一个时装帝国的老板来得体面。要想做人上人，在时装界非要有自己的生产基地、自己的设计师、自己的销售渠道，才可以称雄。

在肖民的特殊关照下，宁氏企业到服装学院招人时，老师特意向宁氏企业重之又重地推荐了孙芊芊，而且孙芊芊获得过国际大奖又是不可忽视的附加值，所以，宁氏欣然地像接受一块宝玉一样接受下她，而且，在接下来所有企业都不可避免的更新换代中脱颖而出，终于坐

上首席设计师的宝座。

就在她刚刚坐上首席位置时，橘上就出现在她的视野里。那时，天上飘的是橘上的影子，地上铺着的也是橘上的影子，孙芊芊浑身上下都陷入一种爱情的冲动中，她觉得事业再重要，和橘上一比，都显得毫无分量。即便到现在，孙芊芊依然沉醉在橘上的爱河中。

前几天肖民打电话给她，请她到零零设计室坐坐。她已经有些日子没到肖民这里来了，接到肖民的电话后，她放下手边的事，姗姗而来。

孙芊芊到零零设计室时，肖民也刚好到。他招呼孙芊芊先坐在他的办公室内稍等片刻后，就拿着手机出去了。对肖民的这种待客之法孙芊芊已习以为常。每次手机一响他都表现得神神秘秘，好像他不是搞设计而是搞特工一样。

肖民出去后不久，孙芊芊就坐在了他麻质的高靠背沙发上。不知道这是不是孙芊芊的癖好，每当她去一个老板的办公室时，她总是想坐坐人家的坐椅。别看椅子很普通，拿到不一样的地儿就可大不一样了。往高了说，金殿之上的龙椅只有皇上才能坐。往远一点说，在任何组织里，甚至是水泊梁山那样的地方，头一把交椅的含义等同于老大，现今日韩的企业，更是以椅子的贵贱来区分职位的高低。

靠坐在肖民的椅子上，孙芊芊闭上眼睛感觉有种说不出的惬意。不过，她的惬意没保持几分钟，就有人来打扰了。

在一阵有规律的敲门声后，进来一个西装笔挺的外

地男人。他脸色红润，带着高原地带独有的风貌，使孙芊芊一下就联想到蓝天白云和高头大马。

"您好，肖先生在吗？"

"他刚出去，请问你有什么事吗？"

孙芊芊对他的身份有点好奇。她想像不出，面前的这个男子与肖民之间有什么往来。

"请问您是……"

这男子又问。

孙芊芊的好奇心一下子被他彻底激活。他的口吻好像和肖民很熟，他的态度和肘下夹的一个档案袋又充分说明他是找肖民有比较特殊的事儿。

"连我你都不认识吗？"

孙芊芊笑着问。她有点半开玩笑似的，又带了点认真。

"哦，我知道，我知道，您是肖先生的……"

还没等外地男人将话说完，孙芊芊就给了他一个迷人的微笑。那男人更以为他的推测正确了，忙将肘下的档案袋双手呈上，交到孙芊芊手里。

档案袋没有封口，显然外地男人是想将里面的内容直接呈递给肖民，可是，他没想到肖民不在，而且，还碰上了"他的女人"。

"我能看看吗？"

孙芊芊问。她的脸上还是带着一抹笑意，只不过这抹笑意在外地男人的眼睛里，已变成了一种诱惑。

"能，能。您看吧！这是我们老板让我给肖先生送来的。"

"呦，那我还是别看了。免得一会儿他不高兴。"孙芊芊说。

"没事，您看吧，这只是一份核实材料。您不会说您没偷看嘛！"

说着，外地男人还亲手将材料从档案袋里抽出来，交给孙芊芊。于是，孙芊芊假装漫不经心地扫了几眼材料，她的心咯噔一下，像是被什么扭到一样，但她立刻恢复了常态。材料上的事与她并无关联，但那个事实却实在让她吃惊。

就像外地男人说的那样，当肖民回来后，对孙芊芊偷看他的材料并不知晓。他在跟孙芊芊讨论完一些事情的可行性后，还亲切地挽留孙芊芊共进午餐。

孙芊芊当然是回绝了，自从和橘上在一起之后，她已经不再和其他男人单独吃饭了。

"对了，过几天你有两个师妹到我这里上班。以后我们最好约在外边见面。免得让人家说闲话。"

"为什么？"

孙芊芊有些不解。

"有一个师妹你应该认识，是宁信之的宝贝女儿宁恩怜，一个天分可以和你比肩的女孩。"

"哦？"

孙芊芊笑了，她停住脚步看向肖民。

"你没看过她的作品吧，我说的一点也不夸张。"

"一个还没出道的小女孩嘛！我和她并不像你想像的那样熟，仅是见过一次面而已。她不太去她老爸的公司，至少我从来没在公司里见过她。有时间我会留意她的作

品的。顺道代我向老师问好，有时间我会去看她的！"

　　恩怜又在端详那枚钥匙了。她将门关得紧紧的，就好像这有什么见不得父母。也许是女孩的自尊心在作怪，她已然开始责怪起橘上来。

　　那天在公寓管理员那儿留下手机号码后，到现在一个电话也没接到。是他这些天没回家还是他不肯打给她，她不得而知。但是，思念以痛的方式在她心中一点点地扩大却是她无法阻止的事实。

　　他为什么不给自己来个电话呢？恩怜假设出几十个连自己都说服不了的答案。她决定不再这样继续等下去，因为等待会让她变得神神叨叨。这几天她已经开始对着钥匙抱怨了。

　　穿上衣服后，恩怜站在镜子前，摸摸有些消瘦的脸颊，突然想起什么"人比黄花瘦"、"为伊消得人憔悴"、"夜来愁损小腰肢"等曾让人辛酸的句子来。

　　是不是太过悲伤了？恩怜想。她赶紧冲镜子里的她笑一笑，算是给自己一点底气，否则她连走出家门的勇气都没有。

　　再一次来到他家的公寓时，管理员竟老熟人般地招呼她了。恩怜问，903的住户回来了吗？管理员没有直接答，只是点点头，眉头就皱了起来。

　　从管理员的神态可以看出，管理员对恩怜找903住户的原因心知肚明，他皱眉头也就表示他将要说的话会让她很难过。

　　恩怜心想，无非就是看了看她的手机号码后，嘲笑

了一下一个他想不起来的傻丫头而已。这没什么。恩怜想。他一定不知道那傻丫头是她，如果知道是她，他不会不回电话的。

"真不好意思啊，姑娘！我将你留下的纸条特意装到一个信封里，等 903 住户回来后就交给了他，可谁知，他……连看也没看就直接扔垃圾桶里了。"

"什么？"

恩怜大叫。这太出乎她的意料了。他是什么人啊，傲气到这个地步，别人留的字条居然看也不看就扔掉，他到底怎么回事啊？还是不是男人啊！老是喜欢这样！

"姑娘，我看要不你直接上楼去找他吧。他今天在家，我刚才还看到他呢。"

"他在家？"

恩怜不自觉地摸向脖颈间的钥匙，其实，不管他在不在家，她都可以如入无人之境般进入他家。不过，那行为跟小偷无异。不要，恩怜想，她才不要呢，干吗去找他啊！从今以后，他走他的独木桥，她宁恩怜还有无数的阳关大道呢。

想着，恩怜就断然地离开了公寓。

忘掉一个人最好的办法就是工作。恩怜对这个观点非常赞同。她在去过橘上公寓的第二天早晨，就和蔡灵到零零工作室报到。

能体会到肖民对她们两人格外器重，设计室本身只有 5 间工作室，恩怜和蔡灵报到时，作为资料室的房间还没有完全腾置出来，但恩怜和蔡灵都得知，肖民说那里将会是她们的工作室。

能在上班之初就有独立的办公室，除了说明老板比较关照外，还捎带着引起其他职员的不满。一些闲言碎语在恩怜和蔡灵还没在屋里坐稳时就窜入耳畔，让她们两个新参加工作、对新工作有极大憧憬的女孩感到了前所未有的压力。

好好工作吧！恩怜和蔡灵俩互相鼓励。

"怎么样，两位新同学？"

肖民稍后一些进了屋。

"真的很好。谢谢你！不过，我要跟你提个建议，我们现在已经不是新同学了，而是你的新同事哦。再叫我们新同学好像我们还很幼稚！"

恩怜无意中拿出跟老妈学的那些客套。她的眼睛时不时地瞟向墙上挂的中国结，红红的，很好看，正是她喜欢的绳艺作品。

"这是一份订单，刚接到的。不知你们俩有没有兴趣。说实话，将这份订单拿过来时，我是有些忐忑不安。时间又短，样式又繁多。而且别的设计师手上都还有没干完的活，没人有时间来指导你们，你们看吧，你们是新来的，我不勉强你们。如果接不了这个单的话，我就把它推掉算了。"肖民说。

恩怜和蔡灵这时才发觉，看到肖民进来时她们俩都太注意他的脸了，谁也没注意到他还拿着一叠单子。

肖民为了让她们俩看得更清楚些，将单子在桌上摊开，定睛看着她们。

"我愿意！"

蔡灵第一个惊声尖叫起来，她太兴奋了。

"你呢？有问题吗？"

肖民看着恩怜。

"嗯，有一点点没自信。不过，我会努力的。可是，万一做不好……"

"恩怜，零零工作室没有'万一'，哪怕做了'一万'，也不可以有'万一'。知道这是为什么吗？如果你一开始就有'万一'的想法，你难免就会做出'万一'的事来。干'一万'件设计，我们为什么不追求'一万'个满意呢？"

"我这样说只是……"

"只是想给自己留个退路是不是？听说过'龟兔赛跑'的故事吧！无论是乌龟还是兔子，一旦出发都只能前进而不能后退。哪里是退路呢？这个世上没有退路。"

肖民说。

恩怜看着他，一下子觉得自己长大了好多。

肖民交给恩怜和蔡灵两个人的订单来自于哈尔滨的一个大型游乐场。游乐场即将开业，下的订单是所有员工的工作服。游乐场要求工作服的设计必须跟随工种，由于他们的工作种类偏多，所以，这张单子做起来并不轻松。

第二天的早上，恩怜和蔡灵都不约而同地提早到了设计室。零零设计室的上班时间是 9 点，但设计师大多颇为随兴，是自由主义作风的散漫者，所以经常有设计师下午才到工作室来。

恩怜和蔡灵开始打扫工作间的时候都不超过 8 点，当她们打扫完之后，想坐下来工作时，一个戴着眼镜的

男人站在了她们玻璃门外。

他说："新人就是不一样啊，来得还真早。我刚才见这儿没开门，就去楼下的店吃早点了。"

说完话，"眼镜"跨进玻璃门内，手里还拎了沉甸甸的一个皮包。

恩怜和蔡灵诧异地看着他，因为她们俩都不认识"眼镜"。

"这是我的名片……"

"眼镜"将手中的皮包向高处扬了扬，还示意恩怜和蔡灵看向皮包的标志。

恩怜和蔡灵依旧有点莫名其妙，但她们两个没忘将他让到座位上，倒了一杯水。

"我说你们两个是真不知道呢还是装傻呢？这么跟你们说吧，全北京的时装设计师就没有不认识我们标志的。搞设计嘛，怎么可能不认识我们呢？即使你们是新来的也应该认识我们啊，昨天你们老板没跟你们说吗？"

"没有。对不起，先生，您是……"

蔡灵看恩怜没有搭话的意思，只得说。

"我跟你们老板很熟，我是上官集团的。"

"上官集团？"

蔡灵嘴里念叨着，并且歪着脑袋冥思苦想。

"……上官文佩？"

一旁的恩怜突然口中冒出一个名字。不知怎的，一听到"上官"二字，她立刻联系上那个长相儒雅笑起来很温和的男人。她还记得他的名字，他曾对她说，他叫上官文佩。

"对，我就是他的助理！"

"眼镜"的脸上露出得意的笑容。

"谁？你在说谁？你是谁的助理？"

蔡灵有些不太明白。

"还记得那天在展馆吗？那个帮我们打扫地面的男的。"

恩怜也许是眼前浮现起那天的情景，说这番话时嘴角还勾出一丝笑意。

"哦，他啊！我知道了。那你们是做什么的？"

蔡灵突然间也对"眼镜"笑了起来，她对上官文佩还颇有好感。

"眼镜"直述主题谈了他来的目的。他首先自我介绍了一下，他的名字叫孙羽，是上官集团化纤面料经销公司的经理助理，他的老板就是上官文佩。怪不得那天上官文佩去展馆呢，恩怜想，他原来也是业内人士。

昨天肖民给孙羽打电话，让他带面料板样给两位新来的设计师挑选。肖民对时装设计的看法比较个性化，他认为时装设计其实就是将面料艺术化的一个过程，所以，设计师必须熟知并会运用各种面料。

面料板样之繁多，让恩怜和蔡灵一下看花了眼。她们两个定不下来，其中有些面料她们未曾接触过，而且她们对价格方面的问题一无所知。她们一一记下有意向的板样号码，准备等肖民来了再进行汇报。当孙羽离去时，她们才第一次切实感受到当设计师的不易。

下班时，蔡灵因为家中有事就准时下班了。恩怜则又加了一会儿班，当她走出大门时，楼外的街灯已被黄

昏点亮。

　　本来要送一部车给恩怜，被妈妈拦住了。黎恩在恩怜的眼里有时更像女强人、她爸爸的助手而不是她的妈妈，她对自己是严厉多过慈爱。

　　出了写字楼后恩怜站到街边候车，没有专车坐出租车也不算奢侈。她看到远处来了一辆顶灯亮亮的红色夏利，犹豫了一下要不要招手，因为她比较喜欢富康或者桑塔纳，坐在里面不像夏利有点挤。正在她犹豫之际，一辆奔驰已停在她身旁。

　　车门打开后，下来的人在喊她的名字。

　　"宁小姐……我……"

　　意外的，竟是上官文佩。早上刚提过他的名字，晚上就见到了他。恩怜很快地反应到，是孙羽回去跟他说了。不然没有道理这么快这么巧地碰上。

　　"是孙羽告诉你的吧?"

　　恩怜问。

　　"嗯，是他告诉我的。他说今天在零零工作室遇见了你……"

　　在听上官文佩讲这些话时，恩怜一直低着头，太多的类似表白使她基本上知道后面要表达的意思，可是当她听到文佩接下去的话时，她抬起了头。

　　文佩说："你是黎阿姨的女儿吧，我认识你妈妈。"

　　一下子，在恩怜的眼里文佩长了辈分。

　　"你和我妈做生意?"

　　恩怜问，口气一下变得像这街灯一样，有些黯然。

　　"不是，是我爸，我爸和你妈比较熟。有时我会见到

你妈。不过没想到，她有你这么大一个女儿。"

"是失望吗？我妈长得那么漂亮，她女儿却很丑？"

恩怜边说边笑了起来。在每个女儿的心中，妈妈都是漂亮的。笑了几下后，恩怜停止住，好奇地看着文佩，因为她看到文佩正呆呆地看着她。

"为什么这么看着我，我脸上有东西吗？"

"没有。我只是感到有点奇怪，你的笑和你妈妈的笑是两个样子。很小的时候，我常看到你妈妈笑，你妈妈每次见到我都笑，她笑的样子很好看，所以每一次见到她我都会呆呆地看，就为了等她的笑。现在突然见到你的笑，完全不是那一回事，你的笑是一种灿烂的笑。"

"那我妈妈是种什么样的笑呢？她笑得不灿烂吗？"

"不灿烂，哦，不，我说的是……至少没你这么灿烂。"

边说着，文佩边为恩怜拉开车门，做了个请的动作，恩怜犹豫着要不要上车。

"今天你没约男朋友吧？"

文佩认真地问。恩怜一下子笑了。他还记得她的话。

"我是特意来接你的。我们去吃饭，好吗？"

文佩的真诚让恩怜不由自主地答应了。之后，恩怜不仅和他一起吃了当天的晚饭，还吃了一周的 7 顿晚饭。不知是不是这个样子就算开始恋爱了，恩怜也说不清楚，总之她觉得跟文佩在一起很舒服，不用紧张，不用做作，甚至不用事先梳洗啊化妆啊等等准备。只是在回家后，恩怜总会抚摸着那把钥匙，觉得胸口闷闷的，直到很晚。

在上官文佩的帮助下，恩怜和蔡灵将哈尔滨游乐场的设计单子如期完成了。设计的样式一共有9种，包括游乐场各个职位。交单的早晨恩怜和蔡灵长出一口气，本应有的兴奋和惊喜都已被紧张和疲惫压平。她们愈发觉察到成为一个真正的设计师的艰难。

单子交上去之后，会由设计室转到工厂，生产出订制的服装估计要2周，这之后恩怜和蔡灵第一次设计的产品就被正式穿着了。恩怜和蔡灵有个疯狂的想法，想在游乐场开业当天赶到哈尔滨，亲眼目睹自己的杰作。

恩怜在文佩送她回家的时候，将去哈尔滨的计划当笑话一样讲给他，说者无心听者有意，文佩虽然没说要帮她去实现这一疯狂计划，却提出了另一个建议。文佩说第二天晚上有个聚会，想带恩怜去，也当是为恩怜庆祝了。

他们的交往文佩的爸爸上官虹已经知道。上官虹要文佩注意的第一条就是不可以带恩怜去应酬场合。因为老上官比较了解恩怜妈妈的脾气，他知道黎恩不喜欢女儿搅进乱乱的社交圈。所以文佩在提这个建议时还有些小心翼翼，他怕恩怜拒绝他，更怕恩怜责怪他。

恩怜并没有向妈妈透露半点和文佩在一起的事。她认为她已经长大了，这些都是她的私事，可以不和妈妈说。而且她也从未去过那种场合，所以恩怜爽快地答应了。

恩怜为自己设计过一套礼服，没有镂空、没有飘带也没有绣花，面料粗粗麻麻的，整身的红黑色亮方格。她在答应文佩的同时，心中就已然穿好了这件礼服。

聚会开始的时间是晚上7点。下班后，取出红黑格布礼服，穿戴完毕后，忽然发现一个问题，她早上出来时有些疏忽，忘记带一条般配的项链出来。此刻挂在她颈上的是那枚钥匙。

怎么办呢，恩怜想。总不能大庭广众之下向大家展示这种别出心裁吧？那样真的就会成为晚会的焦点，说不定明天就会成为爸爸妈妈耳中的头条新闻。

思来想去恩怜也没有更好的主意。如果不戴项链，脖颈处就会太空荡了，她可不想让人家说她连打扮的基本常识都一窍不通。

看着看着，挂在链上的钥匙上宽下窄给了恩怜很大的启示。她把墙上挂的中国结解下来，三下两下就将红线还原成一条整线，然后拿下钥匙，三缠两绕之间，钥匙就成了一个心形绳艺品的内瓤了。再对着镜子时，看

到链上的"红心"刚好与礼服的红黑格的红色相对应，她弯了眉毛，开心得笑了。

一路上，恩怜都没注意到文佩惊艳的眼神，完全沉醉在自己的心思精巧上。

聚会的地点是天伦王朝三层花园广场。由于天伦王朝酒店的位置属于市中心，所以，文佩和恩怜迟了一些时间才赶到。在车上时，文佩跟恩怜简单提了提，聚会的参加者不全都是时装和相关行业的，也有从事其他领域的朋友。对这些恩怜并不是很关心，她心里已被第一次作为大人一样出席聚会的快乐填得满满的。

天伦王朝这样的地方她很少来，上了滚梯后她完全沉醉于眼前的美景。很高很大的房子，天花板是透亮的，就连天空中的星星都在向她眨眼，她觉得眼前的一切美极了。

在她欣赏世外桃源般的景色时，她没有注意到，全体聚会者也正在将欣赏票投给她，连她身旁的文佩都微微脸红起来。看到大家都在惊叹地看着他们俩，文佩自然而然地将胳膊搭向了恩怜的肩膀，他要搂着她，走向里面。

恩怜并没有挣脱，也许她当时的注意力正放在左顾右盼之中，未曾想到过身边人的心思，当时文佩在心里默默地告诉自己：他要一辈子照顾她。

可想而知当晚恩怜有多么快乐。文佩无微不至的照顾、男男女女欣赏的目光、侍者亲切微笑的服务，再加上天空中无时不在的圆月，都让恩怜感受到公主般的快乐。

时间过得很快，转眼就到了 10 点。"要不要早点回家，我怕你妈知道了会不高兴。"文佩贴近恩怜的耳朵说。

"没事的。我想再坐一会儿，听他们说那些笑话，我觉得真的很好笑。"

恩怜的轻言细语，到了文佩的耳里，充满了撒娇的味道。文佩笑笑不再说话，他怎么可能不随她的兴呢？

又坐了一会儿，大家还没有散去的意思。恩怜突然小声说，她想去卫生间。文佩提出要陪她去，被恩怜拒绝了。一来是卫生间的距离很近，二来恩怜说怕让大家看到不好。

文佩闪开身，让坐在他里手的恩怜出去，他的眼光一直追随她的背影，直到卫生间的门发着优雅的声音轻轻关上。

接下来，几个朋友马上打笑文佩，并连连向文佩取经，说文佩你从什么地方找到这么一个没沾一点俗气的女孩啊。文佩当然是闭口不谈恩怜的来历，在座的一半以上都认识恩怜她老爸或老妈，他可不想明天一早看到恩怜家门口有好几辆车候在那儿。

聊着聊着，文佩的眼光就没再去卫生间门口迎接恩怜。

恩怜刚走出卫生间时，看到了两个人，确切地说，是两个人的背影。

从两个人的背影看，只能想到他们是情侣。他们十分亲热，边走边说笑。

恩怜一下蒙了。因为她敢肯定，那男人是他，是到

现在她还不知道名字的 903 客户。那女孩的背影也不太陌生，很像宁氏的首席设计师孙芊芊。因为孙芊芊以前是做模特的，像她那样高的女孩不太多。

原来他和她是那种关系！恩怜的手不自觉地摸上了脖颈，并在心形的坠上停下。她一下子明白了为什么他不给她回电话、为什么在展馆里对她的作品会有那样的评价。

橘上和孙芊芊走到一个小桌旁坐下，位置刚好是恩怜要经过的地方，恩怜迈动步子向回去的路走去。恩怜想，即使他叫她，她也不会理他。谁和他认识啊，他是谁啊，她怎么可能认识他呢？

就这样，恩怜咬了咬嘴唇想快些走过橘上与孙芊芊的座位。

"是你啊，小师妹？"

先开口的是孙芊芊。

这一点恩怜可真没想到。她没想到孙芊芊会看到她，而且会主动和她打招呼。她只得放缓了步子，不过，偏过头来的恩怜脸上怎么也挤不出笑容了。

"哎，我帮你们介绍啊，我最漂亮的小师妹……"

这话孙芊芊是冲橘上说的。恩怜当时什么也没注意听，只留意到孙芊芊称呼他为"哎"，一种很亲热的称呼。

"别跟我开玩笑了，芊芊！在我眼里，你是最漂亮的！"

橘上很随意地瞟了眼恩怜，恩怜真怀疑眼中的男人是不是那个雨夜认识的男人。

所以，恩怜点点头，便直直地向回去的路走去，这直直的不光是她的路线，还有她的身体。

"她的后背很挺啊，真漂亮！"

恩怜过去后，孙芊芊盯着她的背影夸赞。恩怜的背影的确好看，不过，孙芊芊说这话的意思是想看看橘上的反应。从刚才橘上的态度来看，橘上有点反常。

"你观察她那么仔细干吗？想让她给你当模特吗？"

橘上端起酒杯说。

孙芊芊注意到，橘上将酒杯放到台面时，红葡萄酒只剩了一滴。他该不会和恩怜有什么关系吧？孙芊芊想。和宁恩怜相比，她孙芊芊可没有一丝优势。她的手心猛然冒出一股冷汗。

那天晚上恩怜回到座位后，对文佩说太晚了她想回家，文佩丝毫未觉察地陪她走了。

孙芊芊特意小心地打听了恩怜是跟谁来的，一个朋友告诉她恩怜和文佩正在交往，孙芊芊这才放了点心。她问橘上怎么没跟她说过，橘上说他好长时间没和文佩联系了，所以不知道。虽然橘上不动声色，但孙芊芊还是感觉到了他在向她隐瞒着什么。

同样的，文佩也没觉察出恩怜的不快。看着文佩一脸无邪的笑，恩怜暗自痛骂自己的多情。

回到家后，老妈老爸都还没回家，恩怜洗完澡就上床了。她躺在床上反复地想，为什么聚会快进行到尾声时才看到他？她和文佩在一起的情景有没有被他看到？很晚才看到他，是不是因为他去晚了？他和孙芊芊是不

是参加聚会的？不是的话，他们为什么出现在三层呢？如果是的话，为什么没见他们和朋友们聊天呢？他跟孙芊芊是真的吗？

想着想着，恩怜的眼泪就流下来了。她解下挂在脖子上的红线，一把原本缠绕着钥匙的红线。

抓着这一把红线恩怜下了床，她径直地走到卫生间，将红线狠狠地抛进马桶，一把摁下开关。

哗哗的声音带走了红线，不一会儿马桶的漩涡处洁净如初。恩怜想想就让这一切去吧，不要再出现在她的脑海中，他选择的是孙芊芊。

恩怜又恢复了往日的生活。每天早上第一个到单位，下班后与文佩跑东奔西地品尝美食。有一天吃完饭后她突然冒出一个问题，问文佩。她说如果我从来都没想过要和你交往怎么办？文佩愣了一下，那神态使恩怜也愣住了，不过还没等她回过神来，文佩已经回答她了。文佩说那你就好好想想吧，我可以等。恩怜当时又一次想哭了，她想如果这话出自那个男人该有多好。可是，可是……恩怜的眼泪果真流下来了。

女孩在恋爱中若没有流过泪，那只能说明一个问题，就是她没有在真正地恋爱着。

又是一个雨天，又让恩怜想起了他。

恩怜本想在家吃早餐，她刚到餐厅门口就看到妈妈的身影，所以她回屋背上包匆匆冲出家门。那个雨天之后她不仅再没和妈妈拉家常似的聊一次天，跟爸爸也没有。如果刚巧碰上了，也是他们为恩怜安排相亲的事，

或是叮嘱她好好工作。

雨不算大，当她冲出出租车时甚至看到与她擦身而过的车里坐的是什么人。

车里坐的是个男人，一个盯着她直看的男人。

恩怜的腿一下停住。她回转过头来，向那辆车望去。雨水蜿蜿蜒蜒地从后车窗的顶部流下，那双眼睛依然盯着她看。

她太熟悉了，那是他的眼睛！

雨突然大了，渐渐模糊了恩怜的视线。恩怜甩甩头，默然地走进写字楼。

约莫上午 10 点的时候，恩怜工作室内的电话刺耳地响起。接了电话后，蔡灵站起了身子对她说，肖民让她俩去一下。恩怜隐隐地感到有不好的事情要发生了。

果不其然，一进门，恩怜和蔡灵就见到了地上放的一个快递箱，箱内露出的是她们前不久为哈尔滨游乐场设计的工作服。肖民的脸色已说明了一切，她们的设计被退货了。

"为什么？"

恩怜和蔡灵抓起衣服，不解地问。

当初她们先将样式传到哈尔滨，待他们同意后才交给工厂开的工。如果质量上有问题，那和恩怜与蔡灵无关。

"我也不知道为什么会这样？怎么会这样了呢？怎么会出现这样的事情呢？"

肖民不停地唠叨，见恩怜和蔡灵还是不解，他拿起一件衣服，用指甲划了划面料。

　　"这是国产的化纤面料。当初我们给游乐场出示的是韩国面料，虽然样子差不多，但这的确不是韩国面料。为什么会这样呢？"

　　恩怜和蔡灵仔细地摸了摸手中的衣服，发现衣服的面料是缺乏一点弹性，面料果真与原先的不一样了。

　　零零设计室接单子的流程是这样的：先由设计师设计样式，然后设计师签"面料订购单"，然后面料会由供应商直接送到零零设计室的定点加工厂，完成后，再由设计师签"样式核对无误单"，工厂就可以将服装成品送交运输公司了。

　　恩怜和蔡灵傻眼了。当初，"面料订购单"是她俩签的，"样式核对无误单"也是她俩签的，此刻两份单子都摆在她们俩面前、肖民的桌上。

　　"可是……我当初看的面料不是这个啊，我记得清清楚楚的，不会错！"

　　恩怜说。

　　"对啊，我也觉得不是这个面料啊。再有，签'核对单'时我还特意用指甲划了一下呢，绝不是这个国产的面料。怎么会变成这个样呢？"

　　蔡灵也想起来了，她的语气十分肯定。对于第一次接单，她和恩怜都非常重视，在面料上面她们都是用了心的。

　　"对，这绝不是出厂的成品。"

　　恩怜再一次坚定地说。

　　正在这时，工厂的厂长带着生产科科长也来了。他们的意见和恩怜、蔡灵的一样，都不认为游乐场退回来

的衣服是他们做的。虽然工艺上完全一样，但面料和一些细小的、只能意会而无法分辨的细节都有所不同。

最着急的是肖民。在接到退货样品时他也接到哈尔滨方面的通知，说是如果不能赶在他们开业之前进行补救的话，他们就准备起诉。肖民很怕事情闹到那个地步，损失了钱是小，损失了信誉在设计界就无处立足了。

最大程度、最圆满的挽回的方法他们心里都知道。就是交一份原样不变的工作服。设计稿是现成的，可时间太紧迫了。要用 5 天时间赶出这批活，那要工厂三个班同时干。

事情到了这个地步，肖民也没时间责怪和找出事故发生的根本责任人了，他打了电话找上官文佩，因为面料的提供还要上官文佩配合。

几个人垂头丧气地坐在沙发上默然无语。恩怜本想说这个损失由她弥补吧，但一想到她回家后跟爸妈张口爸妈也未必同意，所以，话到嘴边又咽回来。何况她前思后想也不认为自己在这件事中有犯错的地方。

上官文佩很快赶来，同来的还有他的助手孙羽。两人听完情况介绍后都皱紧了眉头。

恩怜一看到如此情景，就知事情真的不好办了。因为通过多日的接触她已了解文佩，文佩是个有忙肯定帮的人，再说恩怜还在零零设计室上班，看在这个面子上文佩也不会袖手旁观。

果然，孙羽说："这事不好办。上次给你们提供的那些面料现在没货了。本来那面料我们进了几百件，卖给你们100 件后其他的人家包圆儿了。现调呢，又不太可

能，时间上首先来不及，价格上也得与韩国方面再商量，而且临时抓货价格肯定高。"

"那怎么办呢？文佩，你一定要帮帮我。不然我跟哈尔滨那边没法交代。"

肖民的身子蜷缩在沙发里，两只眼睛都没了光芒。

"怎么会出这种事呢？你就没好好地查一查，这问题到底出在哪儿了？"

文佩问。这等于给他出了个难题。他很想帮忙，但想不出怎么帮。

"你要不这会儿给韩国方面打个电话，看看他们手里有没有现货？要是有就连夜运过来啊！"

恩怜终于说话了，她的口气中带了恳求。

"唉，算了吧。即使韩国方面有现货，也赶不上了。你算算，从韩国运到北京，加工了之后再运到哈尔滨，哪有这么快的速度？除非火箭！"

肖民绝望地说。

"我想想办法吧！"

文佩拍拍恩怜的手，他想到了橘上。橘上的物流公司虽然比不上火箭，但只要他肯尽力，相信应该能赶得上。

文佩让孙羽先与韩国方面联系了一下，确认了那边恰巧有现货，然后文佩找到橘上，拜托他帮忙。

橘上也很给文佩面子，一口就将事情应了下来。

前前后后这张单子让肖民赔进去 20 万元。好歹这一次哈尔滨方面接到货后没再提任何异议。

肖民就这件事派了 5 个手下，一个环节一个环节地

查，但仍没查到一点线索。本来肖民想报案，可一想这一来有损于零零设计室的招牌。而且也没有造成太大的损失，他也就忍气吞声了。

不过，这件事给恩怜和蔡灵带来的触动不小。参加工作后头一次接单就发生这样的事，怎不叫她们心里难过呢。可是，难过归难过，她们也没有其他的办法。

这件事不知怎么传到宁信之耳中。他回到家后认真地找恩怜谈了谈，建议恩怜在打工时多一分小心。恩怜第二天就质问文佩，是不是他泄露的。文佩发誓说他没说过，甚至跟上官虹也没说。

不管怎么说，事情总算圆满解决。肖民提出要请文佩吃饭，被文佩拒绝了。不过文佩却说应该谢谢橘上。整件事中如果没有橘上的鼎力相助，单子根本就不可能完成。

肖民请文佩代约橘上，因为他和橘上并不认识。到这时他还不知道他曾和橘上为恩怜的作品吵过架，而恩怜也不知橘上的身份。

很快的，文佩回话说橘上因没有时间所以不能来。文佩深知他这位同学的秉性，他倒觉得没什么奇怪的。文佩还和肖民解释了一下，请肖民放宽心，事情已然过去。

下午的时候，文佩给橘上打电话，说是晚上到橘上家坐坐。橘上欣然答应，还笑着问文佩，听说你交了个很漂亮的女朋友，带着一块来我家吧。

当天是星期五，第二天开始就是双休日。下班前恩怜接到文佩的电话，没多思考就答应了。她也正想当面

感谢橘上，毕竟文佩是为了她才搭上人情。

　　橘上的名字恩怜也曾听过，他是出了名的钻石王老五，大学的女生总爱编派这些，每次觉得被橘上邀请吃了顿饭或是陪橘上打了次球什么的是她们无上的光荣，四处炫耀。

　　上了车后恩怜想向文佩打听橘上，但一想到反正马上就要见到了，就忍住这个念头。

　　橘上的家住在二环边的东湖别墅，属于北京最早的一批高档住宅区。进小区的大门时文佩还向门卫确认了一下楼号，显然是很久没有到过橘上家了。

　　给文佩和恩怜开门的是一个中年妇女。她说艾先生已在楼上恭候多时了。然后，中年妇女将文佩和恩怜请到一层的东客厅，端上了乌干达咖啡。

　　恩怜的妈妈平时在家就喝这种咖啡，她不太爱喝哥伦比亚的，觉得那里的咖啡用了催生剂，不如以前纯净。喝着喝着恩怜也习惯了乌干达咖啡的口味。所以咖啡一端上来，恩怜就断定这一定是乌干达产的咖啡。

　　"您二位先坐，我去请先生下来。"

　　中年妇女说。

　　不一会儿，客厅的门被推开了。

有一件值得庆祝的事恩怜还没来得及对文佩说。肖民上午找她谈，想投资给恩怜开一家以她名字命名的工作室。而且，为了工作方便，肖民还决定将蔡灵调给她。

恩怜疑惑地问为什么要给她单开一家，肖民说因为恩怜很有天分，如果在他名下就委屈了。让恩怜独立出去，等于是扩大了零零，而不是与零零分庭抗礼。两个设计室都做出名，接的活就会双倍增长。

肖民还说，本来做出这个决定他是有顾虑的，因为以恩怜的条件，想有一间独立的工作室易如反掌，如果恩怜要单出去他也不拦着，但是，他还是希望恩怜能够在年轻的时候不靠爸妈，自己闯一份事业。

听他这样说，恩怜同意了。工作室中恩怜占20%股份，肖民占80%，合作的条件是恩怜要跟他签3年协议。

想一想不用爸妈的钱，只用自己的脑力换取20%，

恩怜觉得比较划算。于是，她在午餐过后与肖民签署了意向协议。肖民还问她要不要和爸妈商量，恩怜回答说她可以自己做主。肖民还允诺，要搞个有点规模的新设计室开张典礼。

品着乌干达咖啡，恩怜想像爸妈夸奖她的神态，不自觉地笑了。

一旁的文佩看到，更加关注地凝视她。在文佩的世界中，恩怜早已成了主宰。

"你笑的时候真美。"文佩由衷地说。

"我心里才美呢！"恩怜越说越想笑了。

"……我有特美的事儿，还没跟你说呢，今天上午我们老板找我……"

恩怜正说着的时候，眼角的余光看到客厅的门开了。

从门外进来的人，让恩怜一下呆住了。

"孙芊芊？"

恩怜惊讶地看着来者，不相信地问。

"呦，恩怜啊！你怎么来了！橘上还跟我说，是文佩哥来了，让我先下楼招呼一声，他一会儿就下来。真没想到在这儿见到你，哦，你们俩一起来的吧！"

一转眼孙芊芊看到文佩，又赶紧冲文佩说话，"文佩哥，你带恩怜来也不事先说一声，你看，我和橘上都没准备什么好吃的。要知道是恩怜来，怎么也得准备准备啊！你可真是的！"

孙芊芊边说边拉过恩怜，一同坐下。其实孙芊芊后面冲文佩说的话恩怜一句也没听到，因为看到孙芊芊她马上联想到了另一个人，因为孙芊芊女主人般的态度让

她不得不往那想。

不过，在喝下一口咖啡后，恩怜又否定了她的设想。也许是咖啡因的效用，恩怜一下子清醒过来，心中一阵窃喜。

为什么呢？

因为恩怜想，那套公寓才是雨夜男人的家，这里当然不是他的家。而孙芊芊是这里的女主人，就不可能是那男人的女朋友了。

恩怜为她的虚惊一场长吁了口气。

"怎么了，唉声叹气的？文佩哥，是不是你欺负恩怜了？这我可不干！别看你是我哥的老板，她爸可是我的老板！"孙芊芊说。

恩怜诧异地看向文佩，她没想到孙芊芊和文佩也有关系。

文佩看到恩怜的眼神，连忙解释说："孙羽你认识吧，是芊芊的哥哥。"

"哦，你也认识我哥啊？"

孙芊芊问。她的神色有点吃惊，因为她从没听孙羽提起过。

"啊，恩怜在零零工作室干。"

文佩又向芊芊解释。他不知道恩怜还未到零零报到时，芊芊已从肖民那里得知。转来转去世界其实就这么小，尤其是同一行业的，很容易碰到一起。

闲聊了一阵后，孙芊芊忽然想起什么，说："这橘上怎么还不下来啊，我打电话叫他下来吧！"

正要摸电话时，门外有人应声了，"文佩都不着急，

你急什么啊?"

　　说话间，橘上进门了。

　　说实话，恩怜在听到橘上的声音时还在想，还好不是他，虽然这个声音比较像。直到他迈入房间，恩怜还在庆幸那个男人不是橘上。

　　"文佩，我都跟你说过了，你干吗还这么客气啊！老同学嘛，帮忙应该的。"

　　恩怜清楚地看到，那个男人就是橘上，他从一进门就只看着文佩和孙芊芊，都没瞧过她一眼。

　　"也没有。好久没聚了，到你这儿顺便看看。那天天伦王朝你怎么也没去啊？我还等你了呢！来，橘上，我给你介绍一下，我的女朋友，宁恩怜！"

　　说着，文佩伸手向恩怜这边示意。橘上的眼睛也跟着转向恩怜。

　　"宁恩怜？"橘上的脸上露出一点思索之色。接着他说："宁氏企业的大千金？文佩，看来以后我得跟你沾光了。看你，多会找女朋友，一出手就来个富家小姐，刚好和你门当户对！"

　　说着，橘上别过脸去，也不管文佩和芊芊如何惊讶，在沙发上坐了下来。

　　"恩怜啊，在零零干得还习惯吗？肖老师水平很好的，你要多跟他学习学习。我好久没回学校了，王老师还好吧？她和肖老师也不知什么时候结婚，他们俩在一起都那么长时间了……"

　　孙芊芊叽里呱啦地说着。恩怜知道，她这是为了缓和气氛。其实她还不太了解恩怜，以恩怜的个性，即使

孙芋芋不给下台阶，为了文佩，恩怜也不会甩手就走。

在接近一个小时里恩怜忍受着煎熬，最令她快要失控的是橘上总是对她视而不见。

而且，恩怜更是有千万个疑惑。例如他为什么有两个家？为什么他对自己的态度那么不好？为什么他那天早上在她工作的写字楼门口？

恩怜一直尽力注意文佩和橘上的谈话，当听到快要结束时，恩怜终于问了他一句话，恩怜说："艾先生是做物流的吧？您有名片吗？我回家可以向我妈妈介绍一下。"

"谢谢了。名片就不必了。我们两家公司经常打交道的。"

淡淡的，橘上说话时还是没看她。不过，橘上说的最后一句话她一下记住了。

文佩与恩怜从橘上家出来，两个人去了一家专做上海菜的馆子吃饭。席间，文佩向恩怜列举了橘上在上大学时的种种怪癖，借以说明橘上并非对恩怜冷落了。又过了一会儿，文佩想起恩怜在橘上家说过，有特美的事儿，便向恩怜询问，恩怜跟他说肖民要投资给她开一间恩怜设计室。文佩看恩怜是发自内心的喜欢，想说我也可以给你投资开一间，但想到其实恩怜并不缺投资，就将话收住了。渐渐的恩怜脸上有了笑容，文佩的一颗心才算放下。文佩又问了恩怜新设计室开业的日期，恩怜说很快，肖民说了在离现在设计室不远的地方租间写字楼，估计下周吧。

回到家以后，恩怜躺在浴缸里细细地思索。她觉得

获得橘上的电话号码并不困难，他不是与宁氏有业务往来嘛！要找到他，向他当面问问，他为什么要欺骗她，而且一见到她还那种凶恶的态度！难道，他前世与她有不共戴天的仇？

恩怜第二天上班时，做的第一件事就是和蔡灵一起与肖民正式签了协议。新设计室开业的日子定在 10 号，在下周三。这天是 5 号。

肖民派人去周边写字楼里找了一间工作室，恩怜和蔡灵去看过，小小的，有 20 平方米，除了摆放两个人的设计桌外，还可以放下两个大书架和一个裁剪衣服的大工作台。恩怜早就梦想着有一间工作室，满墙满墙堆着做衣服的布，地则要白白的大理石，以便累了的时候可以坐在地上干活。她电话里跟文佩说了，文佩放下手中的工作，下午就赶到还没动工的工作间。

"还缺一个挂衣服的地儿！"恩怜忽然说，"咱们设计完的衣服挂哪儿啊？"

"对啊！我怎么没想起来呢？这儿……这儿怎么样？"

蔡灵来回地用手比画着，可怎么也找不到一个合适的地儿。

"我看啊，只好去掉一个书架了。要不没地方放！"蔡灵又说。

"那怎么行？我们有那么多书，没有书架放哪儿啊？平时又老用，总不能一摞一摞地堆地上啊！"恩怜说。

肖民这几天正带着几个设计师给一个酒店抢活儿，因为很忙，新设计室的布置等工作就交给恩怜和蔡灵了，自己就不过来了。

两个人商量来商量去，最后决定，定做一个又高又大的双面两用架，里面用来放书，外面用来挂衣服。蔡灵说她爸爸在家具厂上班，这个活儿就由她来办。

一直静静的文佩在恩怜和蔡灵商量完以后表态，大理石地面交给他吧，他有个比较熟的装修公司，赶在设计室开业之前将地面铺好没问题。

还缺什么嘛？三个人想。文佩忽然问恩怜，开业那天你爸妈来吗？把恩怜一下问愣了。从昨天与肖民商谈，到今早上签署协议，她压根就没想过要和父母商量，更没想过开业那天请他们前来。

这会儿听到文佩说，恩怜也觉出自己做事有点过了头。一门心思地想着自己已长大、自己能做主、再也不需要父母了，却忽略了他们毕竟是自己的父母，这种事情应该通知他们。

"是啊，"恩怜说："我忘了告诉他们了。今天晚上我回家就说。"

"我还以为你昨晚说了呢。他们不会怪你吧！"

文佩笑着说，他的内心并没有为恩怜担忧。因为按他的思维常规，恩怜之所以忘记将事情告诉她爸妈，只是出于她当公主当惯了，平素不会事事考虑周密。她爸妈当然也不会怪她了，就她这么一个宝贝女儿，早把她宠上了天。

果然，恩怜说："怪我？不会吧！我又没做什么错事。他们每天很忙，哪里顾得上这点小事？"

恩怜的嘴上这样说，心下还是一紧。她连忙盘算了一下，以如何的方式、说如何的话才能在爸妈面前交差。

正想着呢，她的手机响了。

恩怜一惊，在看了电话号码之后，她拿了手机走到楼道。

早上从肖民办公室出来后，她拨了个电话到114查号台，查艾氏物流公司的电话，号码很快给查出来了，接电话的总机小姐却怎么也不肯告诉她橘上的号码。

对这一点她早有心理准备，她爸妈的电话即使在宁氏内部也是保密的，如果公开，就一点私人空间都没有了。所以她又拨了电话到宁氏，想从业务关系下手查橘上的电话。

在脑海里搜索半天后，恩怜选了一个她认为嘴比较严的人为她办这件事。他是她妈妈的助理，一个中年男子，平时她叫他李叔。

李叔并没有问恩怜打听橘上电话的原因，这倒让恩怜省事不少，本来恩怜还编了一大堆理由，准备应付这个问题。李叔答应下班之前给她答复。

电话就是李叔打来的。恩怜本以为李叔准能找到橘上的号码。可是，李叔却跟她说，号码暂时没找到，李叔也没说究竟是什么原因没找到，然后李叔告诉她，明天一早准能告诉她。听到这话后，恩怜才有些安心。明天就明天吧，恩怜想，也只能这样了。

晚上的饭是恩怜、蔡灵、肖民及文佩一起吃的。文佩坚持要请客，说是权当一个小小的庆祝。吃饭时，恩怜忽然想起，文佩的手机上也许有橘上的号码，就向文佩要过了手机。

先是按了电话簿，上面一片空白。文佩脑子有那么

好使吗？恩怜看了一眼文佩。然后恩怜又翻到通话记录，想头天晚上去橘上家之前他肯定会与橘上联系过，可是看过之后仍旧失望了。从通话时间来看，全是当天的，昨晚的记录已经没了。

"你的手机使用频率怎么这么高啊？"

恩怜将手机还给文佩时不开心地说。

"是不是想查到什么呀？我可没有乱打电话啊！除了你，我没有打给过任何一个女孩。"

文佩认真地说。

"你有没有打给孙芊芊啊？"

恩怜顺嘴说出一个人。

"孙芊芊？我怎么会打给她啊？她是橘上的女朋友，我不会打给她的。"

"橘上？艾氏物流的老板？我们的货都交给他们公司运，我还没见过他。听说那小子挺怪的，他是芊芊的男朋友吗？我还不知道呢。"

肖民一脸的惊讶。

"您也认识孙芊芊啊，老板？"

一旁的蔡灵看他们说得热闹，也插进话来。

"你们师姐，我怎么会不认识！"

肖民回答说。

他们谁也没注意到，恩怜的脸色更黯然了，连她自己都察觉到了。

回到家以后恩怜发现，爸妈像是事先得到了消息，都早早地坐在客厅，往常他们一个月都不见得有一天能比恩怜更早到家。

　　客厅里有个小型珠幕，宁信之和黎恩喜欢用投影仪看节目，说他们的年龄大了，看电视已看不清楚。恩怜进门时，珠幕上正播放着一部成龙演的喜剧。

　　"爸，我跟您说一个事儿……"恩怜硬着头皮走到宁信之旁边，说："我准备开一间设计室……"

　　"哦，我已经听你妈说了。坐下来吧！"

　　宁信之指指空着的座位，恩怜战战兢兢地坐下，同时迅速看了一眼她妈妈。她对她爸的话感到震惊，她没想到他们这么快就得到了消息。

　　"你打算怎么做啊？"

　　开口的是黎恩。她的表情严肃，像是有些责备。

　　"我打算好好做。我已经跟肖民签协议了，名字就叫宁恩怜设计室，下周三开业。"

　　恩怜有点管不住自己的嘴巴，回答妈妈的话也很生硬。

　　"你跟谁商量过？这么大的事，你做不好怎么办？"

　　黎恩一下被激怒了，她的身体前倾，差点就站起来了。

　　"我自己的事，和我自己商量了。做不好也是我一个人的事，跟你和爸爸无关！"

　　恩怜理直气壮地说。

　　"恩怜啊，不要用这种口气跟你妈妈说话！"宁信之发话了，"你妈妈说得对，开一间设计室是要慎重的，因为这关系到你以后的前程，不可草率行事。"

　　"我没有，爸爸。我已经考虑好了，况且又不用你们投资。"

　　"怎么没有投资？恩怜，你知道你投的是什么资吗？"宁信之看向恩怜。

　　"智慧！我的智慧！"恩怜回答说。

　　黎恩和宁信之同时一笑。只不过黎恩的笑声比较重，是从鼻腔里发出来的，宁信之的笑声则比较轻，是从口腔里发出来的。

　　还没待宁信之说话，黎恩抢在前面说："哼，你的智慧？学了两天设计也就有了智慧？那肖民怎不和别人合开？你们服装学院有那么多高材生，他怎么不给他女朋友开一个？"

　　"他欣赏我，说我最有天分！"

　　恩怜真的生气了。她觉得妈妈太看不起她了。

　　"是最有含金量吧！你的水平的确不错，我和你爸爸也心知肚明，但要说是 NO.1，还差得远呢！"

　　"您为什么对我没信心？我就这么让您看不上吗？"恩怜气得大嚷。

　　"恩怜啊，我跟你说……"开口的是宁信之，"你妈是为了你好。她说得没错，人家看中你的，并不是你的设计水平，当然我并不是否认有水平的设计师不具有投资价值，但是，你如果确定了要出去做事，首先要了解自己。我要告诉你的，是这些。"

　　"这我都知道！那爸，您说肖民为什么愿意给我投资？"

　　"他看中的是你的名字。爸爸跟你说了这么半天，你怎么还不明白呢？"黎恩说。

　　"我的名字？"

恩怜有点茫然了。她的名字值钱吗？

"做得好了是肖民的名字，做得不好是你自己的名字。"

"您怎么就认准了我会做不好呢？我的名字又跟我爸爸有什么关系呢？"

黎恩说："肖民是有点小聪明。他居然能想到用你的名字。'宁恩怜'三个字代表了宁氏企业的未来，用它开拓海外市场或是用于筹措资金都会很好使，在人家眼里，你就是一间小银行，而且还是间不会倒闭的银行；万一哪天做得不好了也不用担心，设计室的名字是你'宁恩怜'的。'宁恩怜'砸就砸了，与'零零'无关。"

"不可能！"恩怜跳起来，说："您把肖民想的太工于心计了吧！人家可没您那么多想法。要是成功了呢？成功了是不是'宁恩怜'成功了？与'零零'有关吗？不是也没关系吗？您整天做大买卖，遇见的都是大生意人，肖民可不像您想的那样。"

"你要成功了怎么和'零零'没关系？他拿到利润了，这不是他的好处吗？"

"他为什么不能拿利润呢？他出本钱了！不是吗？"恩怜忿忿地说。

"恩怜，要我怎么跟你说你才听呢？"

黎恩的脸色煞白，别看她在企业里能够指挥千军万马，面对自己的女儿时，常常也是有心无力。

"好，这样吧，"宁信之对黎恩说，"既然恩怜说她已经想好了，那就让她试试吧。年轻人都会挥霍一些时间。你做母亲的尽到心意就可以了。"

　　说完，宁信之站起来，向楼上走去。跟在他后面的是恩怜，她冲进自己的房间，重重地关上门后，开始手舞足蹈。虽然妈妈生了一点气，但事情总算是平稳过去了。

　　洗完澡之后躺在床上，恩怜的嘴一直嘀咕个不停。她在练习明天要跟橘上说的话，打通了电话后总要有话说。她是要找他算账，问问心中的疑虑，但是总不能一上来就说，橘上你为什么总对我不友好啊之类的，总要先说点别的。先说什么呢，问好就不必了，那样真成了追求电话了，本来一个女孩就不可以先打给一个男人。那说什么呢？想着想着恩怜就进入了梦乡。

　　早上阳光射进屋里的时候恩怜还没醒。她正抓着被子角儿，整个身子缩在被窝里，仿佛正抵御梦境中的可怕世界。

　　"嘀嘀嗒嗒"，一阵好听的音乐声响了起来。恩怜很不情愿地从被子里伸出一只胳膊抓向电话，电话里的声音是李叔的。李叔说有笔吗，请记一下电话号码，恩怜一下坐起来，摸摸床头柜上什么都有就是没有笔，她砰地一下跳下床，光着脚走到桌子旁拉开抽屉。

　　"您说吧，李叔！"

　　李叔告诉她一串数字，她记了下来，临了她还跟李叔说，您可千万别告诉我妈。李叔笑了笑算作答应。

　　"咚"地一下恩怜像条小狗一样窜上床，手里还拿着电话机。李叔告诉她的号码她已经背下，不用再看字条她也能拨得准确无误。

　　想了一下后，恩怜还是拿过手机拨。因为她怕万一

橘上没有接到电话，稍后可以看到手机上显示的号码再拨回来，让妈妈接到怎么办，所以她决定用自己的手机拨他的手机。

电话很快就通了，清晰的接通声音在寂静的房间里回响。恩怜的心都快提到嗓子眼儿了，怦怦的声音甚至大过电话里的声音。

响了几十下后，没有人接。恩怜想，也许他还没起床呢，今天是周六，他说不定昨晚回家晚，还没醒。

恩怜挂上电话后开始等待。

就这样，恩怜掐着点儿，每隔一个小时打一次电话，可是，每次听到的都是无人接听的机械声音。终于，到了下午2点的时候，恩怜再拨过去时，电话关机了。

恩怜开始责备起自己来。为什么要给他打电话呢？人家连接都不接。甚至，都没有任何兴趣打来问一问是谁在找他，而且他还把手机关掉了。这更证明自己在他心目中的不重要。可是……可是他并不一定知道打到他手机上的电话号码就是她宁恩怜的啊！恩怜又这样想。他肯定是谁的电话都不接，一定是这样的。

其实事情恰恰相反，从昨天恩怜一开始找橘上的电话号码时，橘上就已知道。待到早上恩怜的手机号码出现在他的手机屏幕上时，他也明确地知道是宁恩怜在找他，事实上是，他谁的电话都没耽误接，只是没接她的电话，2点钟时的电话关机，刚好是他在为手机更换电池。

在恩怜垂头丧气的时刻，橘上的脸上满是笑容。

恩怜刚刚过去的几天，可以用一句简单的话来概括：周六打电话；周日打电话；周一收拾新工作室并赌气地没打电话；周二收拾新工作室仍怀着一线希望打电话。

按照恩怜和蔡灵的设计，新工作室在周二的中午全部装饰完毕。这其中有文佩很大的功劳，恩怜坐在光滑的大理石地面上连连对文佩说了好几声谢谢。文佩蹲在她的面前，像喂养一只小鸽子一样地看着她，浑身洋溢着浓浓的满足和幸福。

蔡灵正在擦拭她的桌子，她一遍又一遍的，已经将桌子擦得油亮。

文佩告诉恩怜，下午，他有个重要的会议，会开到很晚，不能陪她了，所以让她自己早点回家。说完文佩还不好意思地补充了一下，说是第二天晚上再为她庆功。

就在文佩站起来要告别的时候，恩怜的电话响了。

她懒洋洋地从地上起来，一旁的蔡灵将手机递给她。当恩怜看到显示屏上的号码时，紧张得胸口起起伏伏的。

是他打来的，真的是他！他总算回电话了！

这次恩怜直接奔出了屋。本来她想等站稳了再按下接听键，可她太紧张了，无意中已在奔跑时将接听键按下。

"……喂，你好！"

恩怜一下愣住了。

电话里传来的是一个女声，轻轻柔柔的，很好听。

"……哦，你好，请问……"恩怜结结巴巴地说。

"哦，我想问一下刚才是不是您打过这个手机？"对方说。

"啊，我想我打错了。"恩怜回答。

"我是艾先生的秘书，请问是不是您在找艾先生？他在开会。"

"哦！"恩怜长舒了一口气，并将手机换到另一边耳朵旁。

"请问要不要我帮您给艾先生留个话？"

"哦，谢谢你，不用了。回头我再打给他吧！"恩怜说，她想即使留话了他也未必能打给她。那么多天了，他不是都没接过吗？紧接着，恩怜又想起了什么，赶紧追问："对了，小姐，请问艾先生什么时候开完会？或者是说我什么再打给他比较好？"

"他晚上7点开完会，之后他还要去参加晚宴。如果您打给他，我个人认为7点半比较合适。那时他会在回家的路上。"

"哦，谢谢啊！"恩怜说。

挂上电话后，恩怜看了一眼表。指针正指向4点半。离7点半还有整整3个小时。

要见面吗？恩怜想。当然要！不然怎么能讲清楚呢？有太多的问题，电话里是怎么也讲不明白的。

恩怜慢慢地走回工作间，看到文佩后才想起刚才跑出去的动作有点孟浪。

恩怜不好意思地笑了笑，算作是对文佩的歉意，文佩则深深地看向她，好像发现了她的秘密。

太阳终于下山了，幕布也终于被拉下，一天的节目就此结束。街边的路灯像剧院散场时的明灯，也一盏一盏地亮起，仿佛是在提醒恩怜，打电话的时间即将来临。

手机里早已布满那个号码，只要手指一动，那个号码瞬间就会被发射出去，这部电话与那部电话随即会连通，一切看似简单得很。可恩怜还是一个数字一个数字地拨着，她想，唯有这样才能真的拨通，也唯有这样才能对得起这次通话。

电话终于通了，在恩怜拨出去的3秒之内，他的声音终于响起。

"你好，我是橘上。请问哪位找？"

他的声音很公式化，像是在接一个客户的电话。

恩怜默然。她不知道说什么好，只觉得鼻子有点酸。

新工作室内黑黑的，她没有开灯。

"……你好，请讲话！"橘上又说。

恩怜的眼泪一下滑落。

默默地，她将电话挂断。因为她不知道自己该对他

说些什么，也不想让他听到自己的啜泣声。

电话铃响起来了，在二十几平方米的房间内回荡，有点悠扬，也有点刺耳。不用看，恩怜也知道是他拨回来了。恩怜想把电话按掉，可一不小心竟按下了接听键。

"……是你吗？我想……没有别人。是你吗？"橘上说。

电话里的他说每个字时都充满了成熟的魅力。

"……不相识的号码我从来不接，请别怪我。我不知道是你。"

橘上接着说。口气淡淡的，一点也不像在解释或是道歉。

"那你现在怎么知道是我？"

恩怜猛然说。他的解释——如果刚才那叫解释的话——也太牵强了。她大声地说，以此发泄心中的不满。

橘上先是轻笑了一声，然后说："突来的灵感。我这个人很相信灵感，刚才听到电话里没人讲话，我就在想，是谁呢？谁会听到我的声音不说话呢？而且还用这个号码这么执著地拨了好几天。后来，我就想了，把我所有认识的人都想了一遍，认定是你。"

恩怜问："为什么？"

橘上没有回答恩怜的问题，而是说："找我有什么事吗？"

"我有些问题……想问你。"

"那你问吧，不过，别问一些我答不上来的问题。因为我知识有限！"橘上慢悠悠地笑着说。

"现在……我想我还是当面问你比较好。"

　　"我这几天很忙，没时间。例如今天，我现在还在去朋友家的路上，办完事怎么也要 12 点了。"

　　"……"

　　恩怜沉默了。她总不能追着橘上问，明天或者后天，那成什么了，她觉得她还不是那种死缠烂打之人。

　　"要不就今天吧，你到公寓等我。管理员那儿有钥匙，我给他打个电话，你到那儿去取。"

　　"……"

　　恩怜依旧没表态。她在想，晚上 12 点到他家，要几点才能回家？明天还要举行新工作室的开业典礼呢。但是，她又实在不想错过这个机会。

　　"……哦，我忘了，你是一个大家千金，怎么可能去那种地方等我呢？怎么着也应该约你在我的别墅见面啊……"

　　"别说了，我到公寓等你。"恩怜说。

　　挂上电话后，恩怜从领口中取出项链，坠上挂的钥匙忽闪忽闪地悠来荡去，像是橘上在向她招手。

　　再一次进橘上家，恩怜多少觉得有点尴尬。虽然此刻屋内只她一人，她还是觉得她有些太主动了。

　　还记得上次他去上班之前说，"当你再回来的时候，我们不是自然就会认识了吗！"的话，果真是"她再回来"也"自然认识"了。

　　时间还早，只有 8 点多，恩怜推了厨房的门，想找一些吃的。她知道到人家做客的规矩，可是她现在的确很饿。

　　厨房里什么吃的也没有，恩怜匆匆看了一下，也没敢过分地东翻西找。靠门口的冰箱被拉开后，只看到一瓶矿泉水，看来橘上平时不回这里。恩怜想，这里也许是橘上很早的一个住所，后来他生意做大了，又买了别墅。不过他买别墅的时间也应该很久了，因为东湖别墅不是一个新开发的住宅区。

　　既然是唯一的一瓶矿泉水，恩怜就没动。她开始后悔为什么没在街上买点吃的，现在她的肚子已经咕咕叫了。

　　边想着恩怜边站起身走出了门。她上次离开时曾看到公寓东边有个餐厅，她决定到那先吃饭，然后再回来等他。

　　也幸亏恩怜是一个很随意的人，她没有忍着饥饿等橘上，否则，到晚上12点时再感到饿得不行时，作为单身女孩再出去吃饭就有点不妥。她等啊等的终于盼到12点，可是橘上却连影儿也没出现。恩怜怕爸妈打电话找她，一直没敢开机。后来她在12点半的时候打过橘上的手机，他的手机和她的一样是关机状态。

　　恩怜站起身来，走到门口。可是，拉开门时她又停住。恩怜想，万一他一会儿回来了呢？他既然答应了她，就肯定会来找她。

　　恩怜又走回屋子里。橘上的公寓本来就不大，恩怜只得坐在沙发上看电视打发时间。她忽然想起，趁着橘上还没有回来可以到各屋转转。上次她在其中的一间睡过，那里没什么特别，只发现一张旧照片，还惹得他发了一通脾气。想着，恩怜就开始挪动步子。

　　她首先走向橘上的卧室，她要看看他的卧室什么样。推开门之后，恩怜愣住了。

　　原来橘上所说的卧室竟是一间连张床都没有的工作间。里面只有一把椅子和写字台，杂乱地堆放着一些 CD和 DVD，间或还有几张 LD，最惹眼的当属摆放的两株栽在盆里的巴西铁木。

　　那他那天晚上睡在哪儿了？恩怜又急忙跑到另一间屋。这一间屋更奇怪了，里面除了几台健身设备外别无他物。

　　恩怜又回到橘上的所谓卧室，里面的确还有一个卫生间，那天晚上橘上说在里面洗浴看来也是真的。只是，恩怜对他那晚如何过的夜非常不解。是在那把椅子上吗？他为什么要骗自己说那里是他的卧室呢？他和她当时并不相识，完全没这个必要。那……

　　想到这里，答案虽然只剩一个，恩怜却不敢继续想下去了。她怕橘上的形象在她心目中再一次温暖起来，他后来对她的态度已经让她铁定地认为他是个坏男人。

　　他为什么要那样做呢？为什么要骗自己说他到那屋去睡呢？他为什么不选带卫生间的房间做卧室呢？这有悖常理啊！恩怜越来越觉得他像一个谜。

　　当恩怜对这些问题打算举手投降时，时间已到深夜 2点。恩怜看看表，觉得眼皮越来越频繁地打架，她不想再撑下去了，靠在沙发上闭了眼睛。

　　也许是公寓房间密封得不好，恩怜基本上每隔 20 分钟醒来一次，每次醒来她总是以为橘上回来了而四处看看，可每次都让她大失所望。这种状况一直坚持到第二

天早上六点。她最后一次起身巡视每个屋时，猛然看到自己在镜子中像变了一个人。

恩怜打开灯，光的刺眼程度让她险些以为自己要失明。仔细对镜时，她看到眼睛周围全是黑的，往日水灵灵的眼睛里竟还有些血丝。

再等下去已没任何意义。恩怜想到今天是新设计室开张的日子，爸妈还说要去呢，所以她到卫生间洗了个热水澡，想以此缓解一下自己的窘状。

恩怜进卫生间时顺手拿了件橘上的衬衫，将自己的衣服放了衣柜边，怕溅上水。因为她不可能在这个时间再赶回家换衣服了，尽管昨天穿的衣服在一夜的蜷缩中早已褶皱。

边洗澡时恩怜还边想，爸妈要问她这一晚上去哪儿了她该怎么说。想来想去也没想到一个比较好的说辞。在蔡灵家呢，不行，说不定昨晚老妈电话已经追到蔡灵家了呢。最后，关上花洒时恩怜叹了口气，只盼爸妈没有注意到她昨晚没回家。

胡乱地套上橘上的衬衫后，恩怜才想起她既没有拿短裤也没有拿拖鞋进来，好在橘上的衬衫比较大，长到可以盖到膝盖，屋内又没有人，恩怜索性大大方方地光着脚走了出去。

"对不起，我回来晚了。"

一个不大的声音忽然说。

瞬间恩怜简直被吓晕了。当她清醒过来时，橘上已和她面对面地不超过10厘米了。

橘上用一只手撑着浴室的门框，整个上半身正向下

倾斜。他的头发有几丝纷乱，发梢的部分还掩了半行浓黑的眉毛，眉毛下面是一双闪着火苗的眼睛，正熊熊烈火般地望着她。

"啊！"的一声大叫，恩怜吓得就往浴室里退去，此刻浴室在她的眼里已成了坚不可摧的堡垒。她清楚地感觉到她的喊声已冲破窗户，但还是晚了。

恩怜也许只顾得闭上眼睛了，根本没看清橘上的动作，当她再睁眼时，她已被橘上结结实实地压在沙发上。橘上的唇正贴在她的唇上。

挣扎恩怜是不敢，她怕她一动连衬衫都遮不住她身体，所以她怯怯的，以一种近乎可怜的目光望向他。

"你……"恩怜想说"你不要这样"之类的话，可是，发出声响的只有一个"你"字，剩下的则全被他的唇给堵了回去。

这，是恩怜的初吻。

一行泪从恩怜的眼角溢出。

她默默的，没有动，思绪已成为空白。在每个女孩的心中，初吻都被幻想过无数遍，恩怜也不例外。那次雨夜与橘上相遇后，她对初吻就更加渴望了。每当夜深的时候，她脑海里出现的都是橘上的影像。只是，这种方式她从未想过，也更未练习过。

初吻原来竟像雨滴一样，当你还没来得及伸手去接时，它已落地。

良久之后，橘上才将头微微抬起。他没有去看恩怜，而是伏在恩怜的耳边说："别动好吗？我只想抱抱你，好好地抱抱你。"

恩怜很乖，既没说话也没动，在他怀里静静偎着，只是眼泪仍在流。

"在想什么呢？我是不是太坏了？"

橘上的问话很轻，像怕惊扰了恩怜的一个好梦。

"嗯……"

橘上将恩怜放开，站起身走到窗户处。窗外的马路上人来人往，每辆车每个人都走着他们的既定路线。突然的，橘上看到红灯亮了，所有的车和骑自行车的人都停下来。而另一边则是行人匆匆的绿灯。橘上空空的，就像是看到自己的人生轨道临界十字路口时一样，有些茫然了。

"你……为什么？"

恩怜在橘上的身后问，声音很细。

从窗子的反射中橘上看到，恩怜抱着双肩，流浪儿一样地瑟瑟发抖。他知道她有好多好多的疑问，他想他能听懂她在问什么。

"不为什么！我是男人你是女人啊！你不理解吗？我所做的事，无论什么事，都因为我是个男人。女人永远无法理解男人，就像你……也许永远都无法理解我一样。"

"为什么？我为什么不能理解呢？"

"也许……也许有一天你能理解。但是……对你来讲，理解了会比不理解还要痛苦许多。"

"那我宁愿要痛苦……"

"……"橘上苦笑了一下。

"我知道！你因为孙芊芊……你因为已经和她在一起

了，你做了无法离开她的事了，是不是？"恩怜说得很绝望，接着，她又说："我们认识得太晚了，是不是？"

"看从哪个角度讲了。有的时候太晚，有的时候又太早。"

说完，橘上将头仰向天花板。

从玻璃的反射中，恩怜感到他有种无奈。那种无奈顿时让恩怜的心柔软起来。她将眼神移开了，不敢去看。

沉默在无形中握紧了他俩的手。他俩就这样，一个站着，一个蜷缩着，谁也不说话。

终于，还是橘上第一个开口了。

"……我们去吃早餐吧，我带你去最好的酒店。你那么娇贵，我不能委屈你！"

橘上也不管恩怜是否同意，拉了她，就要向外走去。恩怜抬起一只手去拂他的胳膊，然后又不好意思地指指自己的腿。

橘上说："这不是挺好看的吗，我看你不用换了！穿上你的短裙就可以了。"

"那怎么行？"

恩怜被他说得吓了一跳，因为她连内衣都没有穿。

看到恩怜的脸色都白了，橘上有点纳闷，他用眼睛紧盯了恩怜一会儿，然后醒悟般地由上至下看了看她，说："那我到车里等你，你不要着急。"

待橘上将门轻轻带上后，恩怜瘫在了沙发上。她满脑子都是刚才的吻，橘上的让她发疯的吻。她从来没想过，吻的力量有这样大，只一个，就已将她的心点燃。

良久之后，直到橘上又打她的电话，她才清醒过来，

站起身将衣服穿好。

　　车子开到三环边的希尔顿酒店，橘上说那里的煎蛋不错，要让恩怜尝尝。

　　面对着坐下后，恩怜想起一件事。她等了等，煎蛋被端上桌以后，她才说话。

　　"今天我的设计室开业。有个小型的开业典礼，我想邀请你参加。"

　　"怎么不早说？我也好送一个大花篮啊！你爸妈给你投的资吗？有那样的爸妈就是幸福。不像我，整个一孤儿，没人理！"

　　橘上摇摇头，假装无奈地将盘子拿到近前。

　　"你这话是什么意思？我干吗要依靠他们？你以为我那么没出息吗？有父母有什么好，整天被管得严严的，不是挨说就是挨打，其实我倒想像你……"

　　说到最后时，恩怜觉得自己说得有点过头了，赶紧停住。

　　"你会挨打挨骂吗？谁能看出来啊？宁氏企业的大千金，你认为你说这番话有人信吗？你是不是想大早晨的逗我开心啊？我先谢了。对于又爱你又疼你的爸妈，你可别说让他们听了就会背气的话啊！"

　　橘上边说边将煎蛋捅破，六成熟的蛋黄缓缓地流出。

　　"是啊，我就知道我这么说没人信。"

　　恩怜低着头，有些黯然。那天与妈妈吵完架，她的心情一直不好，一想起那天挨打，她就更控制不住难过了。平素她没在旁人面前流露过，蔡灵不行，其他同学也不行，老师那里更不行，大家都以为她每天生活得很

幸福。好不容易碰上个同病相怜的人，像找到出口的水一样，她一下子憋不住了。

"别这样说，好吗？"

橘上说。他伸过手拍了拍恩怜放在桌上的手，很温和，让恩怜看到了他体贴的一面。

"……你和我不同，什么东西都是现成的，我还要打拼，有许多艰难险阻都要我一个人去闯，而你有那么优秀的爸爸妈妈。如果……你有时感到有一些委屈，或感到自己不受重视，我想，一定是因为你是个女孩子的缘故。我有个朋友跟你有一样的遭遇……"

橘上继续慢条斯理地说着，丝毫没注意到恩怜已停止了动作。他接着说："……如果你是一个男孩就好了。一般家庭都很传统，你的家也应该不例外。而且……尤其是你的家。你想过没有，你爸妈创了那么大家业，将来怎么传下去？你是个女孩，注定要嫁人，再大的天下也留不住，你爸妈当然是越想越不开心了。所以……你不要太在意了。你要多体谅他们。"

恩怜怔怔的，像是遭到极大的打击。橘上的话如晴天霹雳，狠狠地打击了她。

恩怜想，自己以前怎么从来都没想过，爸爸妈妈不喜欢她的真正理由呢？原来就因为这个。是啊，这怎么没可能呢？锦衣、玉食、豪宅、靓车……他们什么都不缺，只缺一个继承江山的人。谁说现在社会真正进步了？那都是假话！再进步也是伴随着人的进步，再进步也是靠传宗接代来推进。想着想着，恩怜居然想起许多以前发生的事情，竟然件件都能用作例证。

　　虽然橘上吃煎蛋的动作一点儿也不斯文，但他太帅了，所以任谁看了都不会觉得他有些做作。他唔唔低语着，脸上全是劝解之色。

　　早餐结束时已将近 10 点。恩怜设计室开业典礼的时间定在 10 点。恩怜面前的食物已被分解成 1000 多块，她无心吃下却又不肯放弃。橘上提醒恩怜必须离去了，恩怜才起身离席，脸上一直挂满抑郁之色。

　　橘上说送她去设计室，被恩怜拒绝。她想到今天的开业典礼，她爸妈和文佩都会去，橘上的出现多多少少让她有些不好解释。送恩怜上出租车时，橘上眼神中流露出依依不舍，就在关上车门那一刻，橘上敲了敲车窗。他跟恩怜说，晚上还想见她，他会在公寓等她。橘上顺便又拿出一把钥匙，交到恩怜手中。恩怜接过钥匙时，郁闷了半天的心里闪过一丝愉悦。

　　坐在车上的恩怜对新设计室的开业已全无兴趣，她沉浸在晚上相聚的向往中，直到进入贴着"开门吉祥"的新设计室的门时，她还没回过神来。

　　站在门口正向外张望的是蔡灵，一看见到恩怜，就大叫起来。

　　"你到哪去了，恩怜！我还以为地球不转了把你甩出去了呢！你爸呢，还有你妈呢，怎么都没来？你们一家子是不是到哪转了一圈啊？"

　　恩怜的心咯噔了一下。她没想到爸妈没来，她还以为爸妈早在设计室等她了。也难怪，她昨晚没回家，电话也关机了，爸妈一定非常生气。

　　正想着呢，蔡灵的爸妈笑着过来，尤其是蔡灵的妈妈，胖胖的，一脸和气，每次见到恩怜，都拉着她的小手问长问短。文佩在一旁舒展开了眉毛，还有肖民，绷紧的脸上也露出笑容。

　　文佩在蔡灵的妈妈和恩怜说完话之后，开口问："黎阿姨和伯父怎么还没来？是不是在后面？要不要我下楼去接？"

　　"不用了！他们今天有事，不来了！"

　　恩怜说，语调中竟带了一丝哽咽。但她很快就察觉到了，赶忙展开一个笑脸。

　　"怎么会呢？你不是说他们要出席的吗？女儿的工作室开业，怎么可能不来呢？我老妈和老爸不到 8 点就来了。"

　　蔡灵惊讶地说。在她身后，她的爸妈也用点头表示着同意。

　　肖民依然没多说话，他拿过剪刀和红绸花球，递向恩怜和蔡灵，示意她们新设计室的剪彩可以开始了。

　　恩怜和蔡灵说什么也不肯接，她们讲，肖民是老板，

剪彩应该由肖民为主剪，文佩和蔡灵的爸妈也随声附和。实在推脱不过去了，肖民拽了恩怜和蔡灵共同完成剪彩。

剪彩之后，蔡灵的爸妈、文佩和肖民、恩怜、蔡灵一齐鼓掌，欢欣地说了些祝愿设计室宏图大展之类的话，文佩还特意准备了香槟酒，"砰"的一声巨响过后，几个人举杯庆祝。

恩怜自小没喝过酒，她不知道是她不胜酒力还是没闻惯酒精的味道，当酒杯刚一靠近嘴唇时，她就觉得晕晕的。早上那个吻的感觉又让她不由得心跳加速，她极快地咂了一下，想像着又一次品尝到那种滋味。

"恩怜！"

一个熟悉的声音忽然响起。

恩怜下意识地看向门口，看到了站在门口的爸妈，刚才那一声就是她爸爸叫的。宁信之和黎恩打扮得颇为光鲜，不愧是时装业巨子，无论在哪里出现都焕发着神采。

"爸，妈……"

讷讷的，恩怜一时无话可说。她本来对爸妈的出现喜形于色，但睹到妈妈官场般的刻意微笑，和老爸比往日多余的亲切，她的心一下沉了下去。什么多了都会有问题，微笑和亲切也不例外。

肖民迎上去，态度谦卑地将宁信之和黎恩让进屋里。蔡灵跑前跑后地为他们倒水，顺便还将自己的父母介绍给宁信之和黎恩。从始至终，宁信之和黎恩都是端着架子的，这对于蔡灵或肖民也许再正常不过，有宁信之夫妇地位的人不都是架子又高又大吗？

这之中只有文佩看出了一点端倪。如果要追溯见到黎恩和宁信之的第一面，文佩还在襁褓中。记事后，文佩零星见过宁信之几面，都是在一些大型聚会上。黎恩他倒是很有印象。这因为每次上官家有商业活动，上官虹都不会落下邀请宁氏夫妇。很多的时候宁信之没时间出席，黎恩则成了宁氏的代表。见面时，黎恩对文佩的态度之好，有时让文佩都感觉到胜似自己的母亲。文佩的母亲因病已去世了很多年。

像今天的见面，文佩本以为黎恩见到他和恩怜后，会很惊喜或是很开心，可黎恩只是礼节性地问候了他的父母，便再无他话。随即，文佩就感觉到恩怜的不正常。她在这样的日子晚来已不正常，来了以后看到父母的变化，让文佩怀疑她或许和父母拌嘴了，文佩想。可是，看她与她父亲你一言我一语的谈话劲儿，又不像。

"……肖先生，谢谢你赏识我们家恩怜。以后还请多多指教！"黎恩说。

"哪里哪里！是恩怜有天分，我觉得以后我还要沾她的光呢！"肖民说。

"你说的……倒是句实话！好，我喜欢直来直去，以后有需要的地方请说话！"

黎恩站起了身子，并且示意地看向宁信之。

"那是一定的。以后肯定免不了给您添麻烦，到时还请您多多关照！"

肖民的谦卑之色越来越浓，连声调都有点下属的味道了。

"不要对我那么没信心！"恩怜忽然插进话来，她没

好气地说："既然你肯投资我，就不要怀疑我的实力！宁恩怜设计室自有生存的手段，不需要旁人帮忙！"

恩怜的一席话太突然了，让屋内顿时变得鸦雀无声。大家看着她，像是被她直筒筒的一番话吓呆了。要说反应快，还得是说宁氏企业的老板宁信之。

宁信之打了个哈哈说："是啊，我的女儿非常有实力，人家肖老板也正是看中了你这一点，说不定以后我们家恩怜的设计水平能赶上孙芊芊呢！"

这一下正说到恩怜痛处。她脑子一热就不管不顾地冲口而出了：

"她算什么！就她那点设计水平我还真看不上！爸，您不要老长别人家的志气，灭自己女儿的威风！设计水平向来就不是跟年龄或是经验成正比的，这您又不是不知道！"

"恩怜！"接话的是黎恩，"恩怜，你年纪轻轻的怎么一点好也没学会，倒学会目中无人了！"

"我连我自己都看不到，还要目中有谁啊！我还是先看看我自己吧！我觉得我挺好的！"

屋子里的火药味越来越重，而且，旁人都不便插嘴，毕竟那是别人的家务事。宁信之也站起身来，他觉得再不拿出一家之主的威严，局面就很难控制了。本来，黎恩今天坚持不来。昨夜恩怜不见了踪影，黎恩大为气愤。她从晚上唠叨到早上，责怪宁信之太放纵女儿。宁信之是个脾气极好之人，熟悉他的常称他太过儒雅，不熟悉的人背地里指责他呆呆笨笨，一点叱咤风云的威势也没有。对于黎恩的埋怨他没往心里去，不过，他觉得他确

实有必要找女儿谈谈了。短短的几个月内，恩怜已有两次不回家了。宁信之知道她没有住在蔡灵那，但是，像所有的家长一样，宁信之宁肯相信恩怜住在另一位好同学家。她之所以晚上没回家，只是由于她玩晚了，家里又对她太娇纵，而不是什么其他原因。在宁信之的百般劝导下，黎恩终于磨磨蹭蹭地跟他来了——这也是他们夫妇俩迟到的原因。

"恩怜啊，我和你妈都希望看到你处处都好。时间也不早了，我还有个会，我要和你妈先走了。一会儿，你李叔会安排人把我们准备的贺礼送来……"说着，宁信之看向周围的人，说："对不起啊，我们夫妇要失陪了。你们忙吧！"

这时，宁恩怜又开口了。黎恩恼怒的目光让她一下气血上涌，她说：

"不用了。宁恩怜设计室什么都不缺！需要什么我们自己会打拼，而且……当着这么多人的面，我也想告诉你们——爸，妈，我今后的生活会靠我自己，我不想靠任何人。你们打拼下的天下，你们自己带着，不用留给我！"

说完之后，恩怜一甩手，径直地向门外走去。她觉得她要说的话都说完了，她不必站在原地看父母的脸色。文佩从后面追上来，想拉住她的手，也被她甩开，她说她要到楼下的咖啡馆坐坐。

文佩尾随着她，默默地坐在她对面。他虽然不知道她为什么和父母不高兴，但其中的一部分原因，例如黎恩提到孙芊芊后，例如她昨晚没回家，文佩还是猜测到

了。他在想，恩怜有着普通女孩都没有的温柔，也有着普通女孩都没有的忧伤，更有着普通女孩都没有的倔强，这一切都复杂地纠结在一起，像一幅色彩绚丽的油画，深深吸引着他，让他打心眼儿里产生一种要保护她、了解她、陪她一生一世的想法。

整整一上午恩怜都没离开咖啡馆。文佩给她数着，她一共喝了3杯咖啡。第一杯她是用了70分钟喝完，第二杯她用了40分钟，第三杯她用了10分钟。文佩向服务员招招手，让再给恩怜上一杯咖啡。恩怜说不喝了，想上楼工作。文佩笑了笑，他知道自己的想法没错，恩怜和许多生活在蜜罐里的女孩一样，执拗一阵也就没事了。文佩跟她约好晚上相见，说是在酒店定了位置，晚上开庆典餐会。

回到工作室里，肖民和蔡灵还在，蔡灵的父母已经离去。蔡灵啧啧地批评着恩怜，可是恩怜一句也没听进去。恩怜待了一会儿，问她父母什么时候走的。蔡灵告诉她，她前脚一走她父母后脚就走了，也没看出她父母有什么大怒的脸色，还说有身份有地位的人就是教养好，放在她家早就挨打了。这一下又让恩怜闷闷不乐起来，后来肖民叫过恩怜，在楼道里给恩怜讲了一通大道理，全都是围绕着孝从敬老的主题，讲着讲着，直到最后有了斥责的味道。恩怜听得很烦，不停地将脸扭向窗外，一会儿扭一下，一会儿扭一下，什么都听不进去。

不过，有一点恩怜不得不承认，在某种程度上，肖民与她爸爸有点类似——就是恩怜怎样摆出任性的架势，肖民也不厌其烦。所以，与其说是肖民说服了恩怜，

还不如说是肖民感动了恩怜。恩怜最后终于口不对心地点了头，承认上午的事情是她犯了错误。

一下午匆匆就过去了。临下班时，恩怜接到文佩的电话，说是让她提醒肖民和蔡灵一同参加庆典餐会。

不管是蔡灵还是恩怜，或是肖民和文佩，谁也没想到"宁恩怜设计室"开业的第一天，是以一个并不完美的故事成为贯穿。四个人竭力找着开心的话题聊着，却怎么也聊不出兴致。最后在肖民的带动下，只好转为喝酒。都说山区里来的人会喝酒，看过肖民后觉得名不虚传。肖民一连干掉3杯茅台，不仅面不改色，而且还吃掉一大碗辣椒。恩怜和蔡灵也曾见过肖民吃辣椒，但眼前的几近狼吞虎咽的吃法还是第一次见到。恩怜想，也许辣椒能下酒吧，她也尝试着夹起一根辣椒放进嘴里，顿时一股辣劲直窜脚心，连想收回来的余地都没有了。恩怜拿过文佩面前的酒杯，在文佩还没回过神的时候，大大地灌下一口，然后机械地咳了起来。

文佩骇然失色后赶紧帮恩怜捶后背，肖民忙着招呼服务员给恩怜拿水，蔡灵手足无措地大呼小叫……一番忙碌之后，恩怜还是不停地咳，那声音听了让人感到她的心和肺都要被咳出来了，文佩心疼得紧紧地抱住了她，想以自己的臂力阻止住她的难受。

良久之后，恩怜渐渐平静。她的脸通红，不知是酒精的作用还是刚才憋的，总之她重新在座位上坐好之后，感到有种说不出来的别扭。

文佩关切地问恩怜，时间不早了，要不要结束，恩怜偏偏不肯。文佩知道恩怜的执拗劲儿又上来了，轻言

细语地哄她，可恩怜还是不同意。没办法，文佩只得和蔡灵、肖民一同陪她。

人常说女孩的酒量是天生的，现在文佩才深切体会到这一点，要是他，如果从没喝过白酒，头一次就灌下大半杯茅台，不趴下才怪，可恩怜却没有，除了刚才不可相信的巨咳之外，她的精神好得令人惊奇。在没有任何人可以阻拦的情况下，恩怜又喝了一大杯葡萄酒，她的双颊终于由惨白变得红润起来。

到了差15分钟12点的时候，文佩、肖民和蔡灵都提醒恩怜，该回家了。恩怜站起身，晃晃悠悠地由文佩牵着手出了门上了车。

估计文佩是用以有生以来最快的速度开到恩怜家。到恩怜家门口时，他看了一眼方向盘上的表，正好12点。恩怜临下车时，文佩还对她千叮咛万嘱咐，说是不送她上楼了，要她回家后好好休息。在看着恩怜点头答应后，文佩才开着车放心地离去。

下了车之后，恩怜原本想回到家后好好洗个澡，然后大睡特睡，忘掉一切不快。可是，当她想平一平心跳、将手按向胸口时，一个物体突然硌了她手一下。隔着衣服恩怜将物体捏住，她随即想起橘上上午与她分手时的约定。怪不得整晚都觉得别扭呢，恩怜想，原来是她忘记了这件事。

重新走上大街，恩怜已不再觉得脚步有些踉跄。她伸手招了一辆出租车，跳上车后就说了橘上公寓的地址。

他不会早走了吧，恩怜想。她拿出手机，想拨他的号码，但没拨几个号又停住。她想，如果橘上气愤地拒

绝她去找他怎么办啊？她不是成心忘记的！

　　拿着橘上早上交给她的钥匙，她走进公寓。公寓的大厅里亮堂堂的，平滑而展开得很远的地面，一盏一盏颇有艺术风范的水晶灯，都与白天看到的一般无二。但是因为没有一个人影儿，还是让人感到毛骨悚然。

　　终于，恩怜站到 903 房间门口，却怎么也不敢开门而进。她在想，橘上是不是在里面，如果不在，她来还有什么意义？如果他在，问自己为什么迟到了她该怎么回答？对于这些问题，恩怜既找不到对自己也找不到对他的答案。稍顷之后，恩怜想到一个证实前一个问题的前提答案。她拿出手机拨向他的手机，她在想，如果他在里面，她就会听到手机的响声。

　　手机拨过去之后，居然通了。恩怜没有将手机放在耳边，而是将耳朵贴住了房门。什么声音也没有。别说是房间里的动静，就是整个楼，也好像只回旋着恩怜手机听筒里边的声音。

　　恩怜长吁了一口气，像一口袋大米一样重重地靠向房门。

　　他没来。或者是说，他走了。

　　是的，恩怜想，这么长时间，他怎么可能有耐心等呢。恩怜看向自己的电话，上面一个"未接来电"都没有，这说明橘上连个电话都懒得给她打。

　　恩怜的心一下灰到了极点。

　　她从脖颈中把那把钥匙拿了出来，在她心目中，只有脖颈中的钥匙才是这公寓的钥匙，虽然此刻她手中还攥着早上橘上给她的另一把钥匙。

好久好久之后，也许是楼下传来了什么响动，惊动了恩怜，但是，她没走，而是将钥匙插进了锁孔。

屋内一片漆黑，临窗的地方也没有光亮，恩怜回想着，橘上家是不是有很厚的窗帘啊，怎么这房间连月光都看不到呢！

房门早在恩怜打开门的时候就关上了。为了适应屋内的环境，她依然背靠着门没动。

为什么进这个房间来呢？恩怜想，是不想回家看父母的脸色，还是需要一个清静的地方休息，她觉得两方面原因都有。然后，她的手向右侧摸去。她知道那里有灯的开关，管不了那么多了，先在这儿睡一晚吧，反正他不在。

想着想着，恩怜就将灯按亮了。

然后，她就看到，比灯更亮的，是一双眼睛，橘上的眼睛。他正一眨不眨地盯着她看。

如果说早上乍见橘上时，是惊慌，那么，此刻恩怜则是惊恐了。她的皮包掉在地上，一只手反着支撑在门与后背之间，两条腿微微抖着，既不敢前移也不敢后退。

那一边的橘上坐在沙发上岿然不动，两臂的肘部交叉叠在腿和上半身中间，像是古代侠士的两把利剑。他一本正经，穿着一身正装，脸色凝重地盯着她，一言不发。

好半天之后，恩怜像是恢复了知觉，惊慌地说道，"你……你怎么在这儿？"

"看一下你的表，几点了！"橘上说。

"……12点……23分。"

"那日子呢？我跟你约的什么日子？是今天吗？还是昨天？"

"对……对不起！"恩怜说。

"过来，坐这儿！"

直到此时，雕塑一样的橘上才有了动作。他拍了拍身边的位置，示意恩怜坐过来。他的语气还是冷冷的，令恩怜不寒而栗。

恩怜像是着了魔，不知不觉地按照橘上的旨意办。她连掉到地上的包都没顾得上捡，迈着很轻的步子绕过沙发，从另一边坐到橘上指定的位置。

"我已经闻到茅台的味儿了。和谁去喝酒了？"

橘上没有转脸看恩怜，冷冷的口气中夹杂了些恼怒。

"我……我没和谁！"

恩怜说。她也没转脸，她怕她一转向橘上，会让他闻到更重的酒味儿。此刻，恩怜觉得如果她整晚有酒醉的时候，这个时候也完全清醒了。

"我在问你跟谁喝酒去了！"

听得出，橘上的口气像他的心一样，一点点地向下沉去。恩怜不禁打了个寒战，第一次遇见橘上时的感觉又重新回来了。

"我……真的没有！"

不知怎的，恩怜说了瞎话。她很怕说出实话的后果，她不清楚如果橘上知道了她和文佩等人去喝酒后，会不会大发雷霆。

"你竟敢骗我？"

霍地一下，橘上猛然站起。恩怜还在想接下去的话

该如何编，她就被橘上拽了起来，然后，"啪"地一声，冷不防的，一个耳光已清脆地落在她脸上。

一个耳光的力量竟然如此之大！

橘上再看恩怜时，恩怜已躺倒在地上。她的头扬着，两只胳膊则挣扎地支向地面，她的左脸毫无血色，白亮亮的，像是没釉彩的瓷壶。不过渐渐的，开始有了一点红晕。

恩怜半卧在地上呆呆地看着橘上，这可是她从没想到的。她实在不敢相信刚才那一幕是真的。

很残酷的，清脆的响声依然在回荡，在寂静的夜里传得很远很远，而橘上的眼中竟连一点点怜惜或后悔都没有。

一串侧身、起立、奔跑、开门、摔门的动作之后，恩怜就冲出了公寓。

就在恩怜站起身来跑向外面时，橘上想一把拽住恩怜，但可能是恩怜的肩膀太瘦弱了，或是橘上的动作不够快，恩怜还是从他掌心中跑掉了。

橘上懊恼地收回手掌，他感到手掌中黏糊糊的，摊开一看，掌心中有几缕不规则的血迹。那血迹宽宽的，像是一道能刺穿人心的咒符，让橘上心痛无比。

想了一想之后，橘上俯身低头看向茶几。茶几腿上果然沾着几滴血，橘上考虑也没考虑地抬起脚，踹向茶几。也许是橘上力气太大，也许是茶几太不经踹了，劈里啪啦的声响之后，茶几碎了。

这到底是怎么回事？橘上想。仿佛刚才发生的那一切只是在做梦。他蹲坐在地上，大声地对自己说，想想想想，一定要想清，到底要怎样。然后，他就站了起来，飞快地冲出公寓。

　　橘上虽然没有送过恩怜，也没有去过恩怜的家，但对于恩怜家的地址他还是很熟悉。他想，这么晚了，恩怜不太可能有别的地方去，她只能回家。

　　一路上，橘上边开着车边留意街边的行人，他希望在他们的身影中看到恩怜。可是，让他失望的是，他都将车开到她家门口了，还没见到她的踪迹。

　　橘上将车停下，无奈地从车窗里看向稀少的来往车辆。他觉得她不可能比他还快地到她家。而且，对于恩怜住在哪个房间里面，橘上都非常清楚。从楼下看上去，她的房间悄无声息。索性的，橘上在她家门口等着。说实话，橘上对于出现在她家门口，有着一种类似本能的极大反感。

　　时间不知过去了多久，橘上认为他没必要再等下去了。当他发动车子时，前面的挡风玻璃突然出现了几滴水珠。

　　下雨了。

　　雨不大。

　　橘上慢悠悠地开着车，车内放着张宇的《爱一个人好可怕》。他没有开动雨刷器，觉得朦胧一点的视线比较适合他现在的心情。有些事他突然之间不想看得太清晰了，有一些人他也不想记得太清楚了。

　　就这样，他开着开着根本不知道自己开到了哪里，他的心随着雨、随着歌慢慢地……

　　忽然的，不知是橘上的眼角抽搐了一下，还是他的脑神经波动了一下，他觉得他看到她了。

　　橘上连忙刹住车，向后倒回去。车边的，正是恩怜。

　　雨还是细细的，橘上跳下车，冲到恩怜面前时，他只向前伸了一下长臂，一个软软的身体就落入他的怀中。

　　那种感觉太熟悉了。像是他们第一次的相遇，只是这次多了一点动心，多了一点担心，还多了一点忧心和一点点亏心。

　　橘上知道，要不是他用了大力，恩怜肯定会从他怀中挣脱的。她用力地扭动着胳膊，不停地抓挠着，仿佛他是一道枷锁。

　　橘上知道，他只有向她道歉，她才可能原谅她。而他的心中确实充满了愧疚，但是，他还是不想将心里话在这种情况下说出来。

　　所以他说："明知道挣不过，为什么还挣呢？跟我回去！"

　　"我不！你放开我！我不认识你！"

　　恩怜说。她脸上的火辣疼痛已移进胸口，根植内心。天上的雨依然落着，落到她的眼里，早已变成了雪。

　　橘上果真放开了她，可是就在恩怜要迈步离去时，她的身体已不由自主地离地，她整个人又落入橘上的手臂中，只是这次她是被他提了起来，离地足有几十厘米高。

　　为什么说是几十厘米呢，因为恩怜发现，她的个头已经和橘上一般高了。

　　还没等恩怜大声呼唤——她心里确实想喊叫，可她的唇被橘上吻住了，怎么也张不开口。

　　雨水一滴一滴地落下，轻扣着恩怜的眼睛，痒痒的，她的眼泪也慢慢流了出来。

　　之后，她听到橘上说："如果我再吻另一个人，就该是我有生以来吻的第二个人、第三次吻了。你明白吗？"

　　这句话的杀伤力太大了！

恩怜所有的委屈和不快都烟消云散。

她轻轻地点了头，被他抱上了车。

公寓毕竟比外面温暖。

坐在沙发上，橘上不让恩怜动。他从他的"卧室"中拿出一个小盒，里面装的是纱布和药品什么的。橘上也不跟恩怜商量，扳过她的肩膀就要给她上药。

恩怜羞涩地向后退着，她没有过让男人接触身体的经验。

"把我当医生吧！"橘上说。

然后，橘上一把拽过恩怜，将她身子置于自己的身前，将她的肩窝进自己的胸膛。恰巧的，恩怜一斜身，一个物体从恩怜的领口探了出来，恩怜还没有发觉。

橘上好奇地摸向那物体，而恩怜在这个同时也察觉到了，她伸了手将那物体掩回到衣领里，可是她动作慢了一点，橘上已经稳稳地将那物体攥到手掌心中。

"一把钥匙？"

橘上问。再打开手掌，钥匙正好卡在那片血迹的中央。橘上蹙了眉毛，看向恩怜。

"你戴着它干吗？这是用来开锁的，不能用来纪念！谁教你把它挂在这儿的？你买不起项链坠吗？天亮了我带你去买一个！"

橘上的口气又生硬起来。

"不是你教我的吗？你不也戴着吗？为什么你能戴我不能戴！"

恩怜在他的怀中望着他。他说的话让她感到迷惑。

　　橘上没再说话。他放下了手中的钥匙，默默地给她上了疗伤药，并用纱布包好。

　　橘上将医药箱拿回"卧室"，并没有再次坐在客厅里，而是站着说："太晚了，你自己睡吧。我走了！"

　　"你等等！"恩怜说。

　　"什么事？"

　　橘上回过头来望向恩怜。

　　"你刚才……说的话，是真的吗？"恩怜问。

　　"什么话？"

　　"你说……你在……我临上你车时说的……"

　　恩怜的眼睛忽闪忽闪。这个问题对她来说很重要。

　　"……是真的。我为什么要骗你呢？"

　　橘上回答完这句话，没有走向门口，而是折身回来，在恩怜的身边坐下。

　　"你一定想听到我——"

　　橘上停顿一下，看向恩怜。恩怜也看着他。她的眼中流露出很多渴望和不解。

　　"……我和芊芊已经认识 1 年半了。她聪明、善解人意而且比一般女孩敬业，认识她以后，我觉得我找到了爱情。可是没想到，见到你以后，我倒觉得她成了我和你之间的一个障碍——我这样说，我知道我很不道德，但是，这就是我真实的想法。我想，用这些话解释我刚才对你的冲动，你能够理解吧！我向来认为，一个好女孩不会大晚上的去喝酒，我不希望看到还有下次！"

　　说完这番话，橘上将手臂伸向恩怜，揽过她的头靠在自己的肩上。

过了一会儿，橘上说："好了，我走了，你好好睡吧。别忘了睡之前好好洗个澡，别着凉了。"

橘上站起身，走向房门。

恩怜又一次在他身后叫住了他，她问："你真的要走吗？"

"还能有些什么其他办法吗？有的事，我想，我需要点时间再想想。我不想犯错误，真的！在这儿，别让我犯错误，好吗？"

恩怜低了头，她的心脏有被撕裂的感觉。

刚一上班，恩怜就接到一个庆贺电话，是她老爸的好友曲伯伯打来的。曲伯伯向恩怜祝贺新工作室的开张，并说，祝贺不仅是口头上的，还有实质上的——他问恩怜是否能在10天内设计出10套衣服，说是如果恩怜觉得没问题，他将给恩怜20套衣服的设计单子，他说你们设计室不是两个人嘛。恩怜高兴极了，她知道这是曲伯伯照顾她，连连说谢谢，还说一定会拿出参加大赛的水平。

蔡灵和肖民得知这个消息都非常高兴。他们很快与曲伯伯指定的责任人联系上，推敲了每个细节后签署了协议。这张单子的源头定做者是上海一个戏剧团，他们要赴美去参加一个国际表演赛。那个戏剧团有2名戏服设计，但由于此次参演的节目比较多，且都是新戏，所以特聘外援。他们发到恩怜手上的设计单，只是群众演员的服装。即便如此，恩怜还是开心得不得了。

肖民非常重视这一次的活儿，他向恩怜表示，如果恩怜需要，他可以从零零工作室调过几个精兵强将来助阵。可恩

怜不想借助他人，她认为她自已有足够的能力胜任。

文佩接到恩怜的电话后，带上孙羽，拿了全部面料资料给恩怜，并且还帮恩怜出了很多主意。

这一次的设计工作完成得非常顺利。在签了协议的第四天，恩怜就将设计稿电邮到上海。上海那边非常满意，尤其是他们团里的两位设计师，对未见过面的恩怜给出极高的评价。恩怜说，这主要得益于他们那边给的演出资料比较翔实。

一切都看似很顺利，可这时出事了。

恩怜当初听从了肖民的建议，大胆地采用了一款用和田玉为材质的纽扣，那款纽扣缝在戏服上，顿生一种说不出的东方神秘感。上海那边在签下款式的同时也敲定了所有的戏服都用这种纽扣，就在戏服将要投产时，供应商突然传来消息，那种纽扣突然全线涨价，涨幅达400%。这家纽扣供应商不属于上官家，是一家新开业不久的公司，当时恩怜采用这款纽扣时，并没有跟他们签署协议，所以，即使纽扣涨价也只能眼睁睁看着人家涨，而不能有半点微词。

文佩马上安排孙羽他们去寻找相同的纽扣，可是，得回来的消息让他们更为沮丧。孙羽回来报告说，跨过纽扣供应商，他们直接联系到纽扣的生产厂家。厂家跟他们说，前不久有人向他们订购了一批纽扣，那张定单足以将他们的生产计划排到半年后。而由于原料的特殊，整个东南亚地区都再没有第二家生产厂商。

文佩不死心，亲自出马飞到生产厂家，与厂长当面交涉，可厂长说不能因为你们一家坏了我们厂的全年计

划啊。文佩只得败兴而归。

　　事到如今肖民也发话了，按合同办事，单方面终止合作，取消定单，向上海支付违约金。肖民说，这样做赔的钱还不多，如果等戏服都做完了，再终止合同，那就不仅仅是支付违约金的问题了。

　　经过初步计算，恩怜得出一个数字，在这次接单中，肖民损失了 30 万。她的心里非常不安，更是后悔自己的大意，一门心思去想戏服设计得是否好看，而忽略了辅料的价格成本问题。

　　恩怜的内疚很快被肖民看出来了。他安慰恩怜说，做生意嘛，难免有赔有赚，辅料价格上涨或是缺货，都是再正常不过。让恩怜不要太过自责。可越这么说恩怜心里越不舒服，她差点就要对肖民说，她补偿肖民的损失。不过，她最终还是没有张口。因为她知道这段时间她妈妈还在跟她生气，她也没尽力去哄他们开心。

　　这天晚上不知怎的，恩怜不想回家了。她让文佩先走，既没跟他一起去吃饭，也没让他送她回家，而是自己打了车直奔公寓。

　　站在 903 房门口时，恩怜还在想，这次不会像上一次那样了吧，一开门他就在屋里。开开门后，恩怜猛睁了眼睛，四下找找，不要说是人，连半个活物也没有。

　　前些天的工作也许太累了，她洗了洗就上床睡了。上床之前她没忘记将门关了也没脱衣服。

　　盖上被子后，她慢慢地慢慢地进入了梦乡。

　　有人说，梦随心想，白天想什么夜里就会梦到什么。这话其实不假。恩怜在睡梦中，恍恍惚惚中听到电话铃

声，她按下接听键，里面竟真传来橘上的声音。

橘上说，你在床上呢吧，恩怜回答说是。橘上说，那你下楼吧，我在车里等你呢。恩怜迷迷糊糊地按照梦境中的指示，从床上爬起来，下了地，穿上鞋，关上门走入电梯。

出了公寓的大门，冷风飕飕地吹过，恩怜没有扣好的衣襟向两边闪去，像是为了拥抱风的到来一样，冰凉凉的感觉一下将恩怜吹醒了。

恩怜眨巴眨巴眼睛，看向空旷的广场，哪里有橘上的影子？她抬手揉了揉太阳穴，想让自己更清醒一些。然后，她笑了笑，不知是笑自己的傻还是笑自己的笨，暗自嘲笑自己，呵，自己在梦游啊！接着，她就返转了身子，要往楼里走去。

正这时，她的手机响了。她无精打采地查看，原来是条短信。短信上写："愣着干吗，还不赶紧上车！"

恩怜吓了一跳，连忙四处张望，终于看到不远的地方，在一辆红旗的后面，橘上的车停在那里。

三步并作两步，恩怜上了橘上的车。

"你怎么知道我在这儿？"

一上车恩怜就问。

"我在你身上安了远程遥控装置。你的一举一动都在我的视线之内！你不喜欢吗？"

橘上说。他开着车朝着恩怜上班的方向驶去。

恩怜一点也不在意他的态度，而是问："我们去哪儿？"

橘上说："到了就知道了。"

恩怜说："可是我饿了！"

橘上说:"这很正常。你每次都这样!你不饿我才觉得奇怪呢!"

恩怜说:"你怎么这么讨厌啊!我跟你是说真的。不管要去哪儿,你总不能让我饿着肚子啊!"

橘上说:"饿着肚子刚好减肥。你太胖了,需要饿一饿。"

两个人就这样你一言我一语地说着,丝毫没有庸俗化的打情骂俏的味道,倒像是老同学久别相聚。

橘上终于将车停下,是在离恩怜工作室1400米左右的号称是北京最高档的写字楼前。

橘上说:"下车!"

恩怜只得跟着下了车。她懵懂着,分不清橘上带她到这里的真正目的。

橘上进了大厅后,很熟悉地走向电梯间,拉着恩怜进电梯后,按下39层按钮。

电梯安安稳稳地站住了,恩怜被橘上拽出电梯间。

没走几步之后,恩怜愣住了。因为她看到两扇大大的玻璃门,门里的接待台背景上写"恩怜设计室"5个闪闪发亮的大字。

"喜欢吗?这是这间屋的钥匙!"

说着,橘上变戏法似的手上多了一条红绳,红绳上拴着一把钥匙。

"本来是用电子锁的,但我知道你喜欢钥匙,所以我让他们把锁改装了。拿着!"

还跟以前的动作一样,橘上掰开恩怜的手掌,将钥匙轻轻地放到她的手中。

"这……为什么？你能告诉我是为了什么吗？"

恩怜嗫嚅着，没有移动脚步。这一切来得太突然了，使恩怜一下又联想到梦境。她甩甩头，想让自己清醒过来。

"不进去看看吗？"

橘上的脸上充满了坏笑。他喜欢看她呆呆的模样，像个小学生，单纯得不可救药。

"不！你要先告诉我！"

恩怜坚决的，但是看向橘上的目光却是迷蒙的。

"那好，我们先去吃饭，再慢慢谈。你不是饿了吗？我也没吃呢。为了忙这个地方，累死了啊！"

说话的同时，橘上还放肆地伸了个懒腰，好像他真的好几天没睡觉似的。

橘上带恩怜去的是一家茶餐厅。坐下来后，橘上并不急于回答恩怜心中的疑问，而是他先对她提出了疑问。

橘上说："这么多天，你为什么没给我打个电话？"

恩怜说："我没想起来。"

橘上说："哦。那一定是文佩每天缠着你吧，所以你没时间想起我。"

恩怜的脸红了红，说："你怎么知道的？他是经常找我，但没缠着我。我不是谁想缠就缠得上的。我没那么幼稚。"

橘上说："那就太好了。不然我还要想，要是文佩一会儿出现了，我该怎么跟他说呢！"

恩怜的年龄毕竟小了些，她被橘上说得下意识地看向四周，好像文佩真有可能出现一样。

橘上一下笑了。他有时在想，恩怜要是没有这么幼稚该有多好。摩拳擦掌了好多年后，他希望碰到一个强

大无比的对手，可没料想，先出现的竟是她，而且还那么脆弱，不堪一击。

恩怜拿出橘上刚交给她的钥匙，终于问："你现在该告诉我了吧，你这是什么意思？你知不知道我有工作室，是肖民投资的？哦，我想起来了，你上次还和肖民为了我那件作品在展厅里吵过架，我明白了！"

"什么，肖民？"橘上一脸的惊讶。他说："你现在的投资者就是那小子？我还真没想到啊！这样正好！简直是误打误撞嘛，什么叫做不是冤家不聚头，这下我可知道了！好了，说正事吧，恩怜。我将那个写字间租下来了，打算开一间设计室，名字你也看到了，就叫'恩怜设计室'，你占70%的股份，我占30%的股份。你觉得怎么样？"

恩怜问："我记得你跟我说过，我设计的东西是垃圾。怎么你现在对垃圾感兴趣了，还是经过一段时间的深造，觉得垃圾其实是精品？"

橘上说："一件作品能被称为垃圾，就等于走入了成功的殿堂。因为精品是容易被忽视的，这世上精品太多，我那天不是也说了吗——全展馆都是精品，所以，才说你的那件作品是垃圾。你不开心吗？"

橘上将上半身探过桌面，貌似认真地看着恩怜。恩怜急忙将眼光撤了回来，流转的视线中盈润着娇羞与暗喜。

橘上说："你说啊，同不同意？"

恩怜问："那……凭什么让我占70%股份，我又没出一分钱。你是看到我名字的无形价值了？"

恩怜的脑海中猛然浮出那天她妈妈说的话。

橘上说："是啊。你的名字很值钱。将要升起的最卓

越的设计之星，谁不投资谁就太没眼光了！知道我为什么没用你的全名吗，我可不想让人家说……设计室沾了宁氏的光！"

这话让恩怜听了更受用。

恩怜说："可我已经签了肖民了。"

橘上说："那还不容易，我先给你支些钱，算作前期投资，你可以拿去还给他。包括他这次为你损失的 30 万，和上次损失的 20 万。你的股份和将来的分红依然不变，而且，我只会躲在幕后，保证决不站到台前，前面的事一律由你作决策，你拥有最大限度的发挥空间，怎么样？"

恩怜说："啊？你怎么什么都知道？你怎么知道的？"

橘上说："你怎么这么啰嗦啊，我不是跟你说过了嘛，你的一举一动都在我的掌控之内，我需要了解，我想了解，而且我也必须了解。"

恩怜说："可我还是不能答应你！因为……做人不能不讲情谊，我不能说走就走，离开肖民。"

橘上愣了一下，也许他没想到看似单纯的恩怜，也有特别较真的时候。他说："这个问题好办。你明天问问肖民，看看需要支付多少钱，算是你的赎身费！"

"橘上！"

恩怜大叫了一声，茶餐厅里所有人都看向了他们。

恩怜说："……你怎么这么说话！你把我当成什么人了！"

橘上说："当成是我的人，不行吗？你嫌我的话太直接了，是么？那好，我说婉转一点——你问问肖民，我们给他带来多大的损失，我付给他。为了你，为了我的

人，这件事我愿意做！我想……和你有一份共同的空间。
我想常常见到你！"

说完，橘上低下头，不再看恩怜。

说实话，橘上最后的这一段话彻底打动了恩怜，他
说得那样诚恳，根本不像是从口中说出来的，倒像是从
心脏里迸发出来的一样，让她的心不由自主地颤抖。

在橘上的叮嘱下，恩怜没有向任何人透露她背后的投资者是谁，即使蔡灵和她父母，她也没告诉。与上次不同的是，这次"恩怜设计室"的开张是静悄悄的，既没选什么日子也没搞什么庆典。

宁信之和黎恩对恩怜反反复复的做法极为不满，在恩怜对他们宣布另起炉灶时就已表示了反感，再加上恩怜对投资者和事情的原委只字不提，则更阻断了两代人之间的沟通。

文佩没有什么变化，虽然他也感觉到恩怜有些不对劲，但他总是善意地体谅她。大多数时候，爱一个人就会将那个人想像得特别好，即使她有错，也会被深爱她的人找到为她开脱的理由。

蔡灵虽然也发了一大通牢骚，但作为恩怜的好朋友和助手，她还是拿上东西跟随恩怜进入"恩怜设计室"。

　　这里面只有肖民对恩怜的表现觉得十分不对劲。这也是可以理解的事儿。当恩怜提出关闭"宁恩怜设计室"时，肖民脸上的惊讶够铺满整条街道。他向恩怜询问原因，恩怜认真地回答他，一直以来她做得不好，因此她的自尊心受到伤害，不想再继续了。

　　这其实也是恩怜答应橘上的一个重要心理背景。从第一次为哈尔滨游乐场设计工服，到第二次为上海戏剧团设计演出服，没有一次顺利不说，还让肖民赔进去几十万。作为一个新参加工作、对工作充满快乐幻想的女孩来讲，这确实非常残酷。听到恩怜这样说，肖民黯然了。他开始后悔起来，而且是前所未有的后悔。他想，早知后果如此，他当初真不应该让她接那单活儿。

　　看来在一件事上，男人与女人的想法天生不同。换作是男人，肖民想，或者是换作他，老板损失了那么多，费了那么多心计，受惠者死心塌地地感激还来不及，怎么能在这个时候离开呢？他之所以肯大大方方地赔掉几十万，完全是因为对象为恩怜。像恩怜那样有自尊心的女孩，是不会做出伸手向父母要钱偿还的事的，这一点肖民非常清楚，所以他想用几十万换恩怜一个感动，一个肯长期与他合作的感动。

　　就像这世上本来就没有无缘无故的爱，也没有无缘无故的恨一样。他一个山区来的穷小子，怎能不知道几十万的实际价值？养活他们村里全体村民两年都绰绰有余。就这样白白地拱手相送，他心里不知道有多痛。

　　最不能让肖民理解的还有一事，就是恩怜交给他一张足能补偿他所有损失的支票。在恩怜走后，他对支票

的来源突然产生了兴趣。他拿着支票前后左右地看了数遍，却怎么也想不通支票背后的故事。

支票上盖的章是"恩怜设计室"，法人名章是"宁恩怜"，但这并不说明上面标明款额的钱就是恩怜的。宁恩怜名下没有大笔可供支配的资金，这些情况肖民早就从孙芊芊那里了解到了。有谁会与他肖民竞争呢？肖民想。他也许忽略了一个事实：恩怜在某些人眼中与在他眼中一样，具有非同一般的价值。那价值不亚于美国人眼中的整个伊拉克。

对恩怜背后的投资者抱有极大兴趣的还有一人，就是宁氏企业的首席设计师孙芊芊。她首先怀疑到的就是橘上。都说女人是敏感的，这个词用来形容恋爱中的女人则更加贴切。其实，从"宁恩怜设计室"到"恩怜设计室"的开张，无一不是设计界关注的大事。谁让恩怜是宁信之的独生女呢？没人议论没人猜测那才是天大的新闻！

肖民投资"宁恩怜设计室"并不让孙芊芊感到奇怪，相反，她还对肖民的"快手行为"非常欣赏。这一点不是随便什么人都能做到的。试想一下，以恩怜一个刚毕业的女孩，没有任何工作经验不说，还有一个宁信之那样的老爸，谁会想到她能为自己所用？可肖民想到了，而且一出手就成功了，这怎不让孙芊芊对他刮目相看呢？女孩到了孙芊芊这个年龄，看男人首先是看内在的本领。当时的身价是多是少，并不重要，重要的是有没有升值的潜力。孙芊芊肯和肖民保持长期的合作关系，大部分源自于她对肖民升值潜力的肯定。

其实若论潜质，孙芊芊最为推崇的当数橘上，当然这也是她发疯般地爱上橘上的首要原因。说到这事儿，还要回到两年之前。

那时孙芊芊过五关斩六将，刚登上首席设计师宝座。当然这其中不是孙芊芊一个人的力量，给她鼎力帮助的还有她的老师，她老师的男朋友，也就是肖民，还有她当时的男友万江。

万江也在宁氏企业工作，任宁氏企业的仓储运输公司经理，负责企业里所有物品的运输，也算是实权派人物。

孙芊芊高升以后，发现了一件她以前不以为然的事情。在孙芊芊还不是首席设计师之时，她总以为当上首席薪金会大幅度提升，可是，当她真正升到首席位置时，才发现根本不是那回事儿。她当设计师时每月杂七杂八地加起来超过 5000 元，可当上首席之后，全加起来交完个人所得税后也没突破 9000 元。她感到特别纳闷。为什么呢，这还要从她男朋友万江说起。

孙芊芊是出了名的美人儿，一进公司就被众多男人追求，万江之所以能独占鳌头，全凭了一个"钱"字。这倒不是说孙芊芊非常爱钱，也不是说万江非常有钱，而是万江给孙芊芊的感觉是他敢于为孙芊芊花钱。这点对于一般男人来讲，很不容易。试想一下，一个男人每月只挣 1 万块钱，却给心爱的女人花掉 9999 元，和一个男人挣 100 万只给心爱的女人花掉 1 万能一个样吗？这是一道关于恋爱温度的验算，可用于任何一对男女之间，绝对十分灵验。

　　那时万江每个月在孙芊芊身上要花掉上万元，孙芊芊被他打动，投入了万江的怀抱。也正是那样，才给孙芊芊留下一个印象——只要爬到公司经理一级，就能挣到好几万。

　　当荣升首席宝座后，薪金没有过万，孙芊芊心下就不平了。薪金问题在宁氏是保密的，她不敢问老板，就只有转而试探万江。一开始万江还百般推脱，后来在孙芊芊的威逼利诱下，招架不住了，才不得不和盘托出内情。

　　万江口中所说的内情让孙芊芊大为震惊。也就在万江说出内情后，孙芊芊像甩掉一件民国时代的破旧衣服一样，毫不吝惜地甩掉了万江。

　　事情是这样的：万江说，他之所以每个月能给孙芊芊花掉上万，全赖他有灰色收入。说是灰色，那只是因为没有别人知道，而不是因为他内心认为那是灰的。在讲完他有灰色收入后，万江问孙芊芊，你知道橘上这个人吗？孙芊芊说谁不知道他啊，花花大少，每天都换女朋友，艾氏物流的老板，挺有钱的。然后孙芊芊就反应极快地问，你是不是收了他的贿赂？万江回答说，是也不是。孙芊芊问，是就是，不是就不是，什么叫是也不是？谁不知道咱们宁氏的东西都是让艾氏运输，他给你点回扣也是正常的。万江说，这你就错了。我的钱是橘上给的，但是，他从来没给过我回扣。孙芊芊问，他给你的钱不是回扣是什么？万江回答说，那是他应得的利润。他橘上做咱们宁氏的生意，一分利润都不要，全都给了我。啊？孙芊芊十分诧异地说，你骗谁啊，你万江

倒挺会给自己找好听的说，什么叫人家橘上不要一分利
润，你拿的都是他的利润啊！万江说，这是真的。

后来，孙芊芊静下心，听万江从头给她讲了一遍橘
上。她这才知道橘上是个非比寻常的人物。也就是打那，
她才对橘上产生爱慕之情，虽然那时她和橘上还从未见
过面，但这对她来讲不是什么难事，男人追女人隔着一
座山，女人追男人可只隔着一层纸。

孙芊芊了解到，橘上的情况大致如下：他毕业于对
外经济贸易大学，老家在明清时期以小本经营渗透天下
的江右河畔。老话儿管他们那里做买卖的叫江右商帮，
现行的标准地名则叫江西。橘上有一点与他的江西老乡
不同，他高中时代不是在他的老家度过的，而是就读于
北京的一所重点高中。对外他一直自称丧怙失恃，也没
什么兄弟姐妹远房亲戚。他能够完完整整地念完大学，
听说完全得益于他妈妈留给他的一份不菲的遗产。而他
也正是倚仗这份遗产开创了他的艾氏物流企业。

公司开办之初，橘上就瞄上了两大客户：一个是上
官企业，一个是宁氏企业。万江说，他瞄上上官家是因
为他和上官文佩是大学同学，上官家生意一直不错，有
很多的服装辅料面料需要运来送往，他近水楼台。而他
瞄上宁氏则是因为宁氏是上官家最大的一个客户。

宁氏和上官企业原本都有固定的运输商，半道杀进
去极不容易，按理说，一般人都不会先从这两家身上打
主意，可橘上偏偏反其道而行之。他分别找到这两家管
运输的经理，开门见山地说，他艾氏物流为他们运输不
收一分利润。为了表示诚恳，他还将艾氏物流的成本账

毫无保留地给他们看，那两个经理都表示不解。说既然
你不收利润，那你拿什么赚钱啊，尤其是你刚开公司。
橘上说，他为打出名气。他要让全北京城的商家都知道，
他艾氏物流开张不久就签下两个大客户。在说完这个冠
冕堂皇的理由后，橘上向他们使出了杀手锏。他跟经理
说，他不收一分的利润并不是将利润留给宁氏或上官，
而是将利润返给经理个人。他请他们不必担心，因为这
不同于回扣和贿赂，而是他艾氏的钱。

　　这个诱惑太大了。在不被第三者知道的情况下，有
谁能抵挡得住既不违犯商业道德又可以舒心数钱的诱惑？
面上心里都过得去的事谁都愿意做。所以，橘上一下子
签订了这两家大客户。

　　绑定这两个大户，艾氏物流果然一下就在北京立了
起来。很多商家看到艾氏的实力后，纷纷找上门来签署
协议。对这些客户，橘上不仅没有像对宁氏或上官家那
样不收利润，而且还将运输价格涨了起来。商场上有时
很怪的，买涨不买降是通用的法则。在此基础上，橘上
的生意越做越大，越做越红火，没过两年就成为北京物
流企业的龙头老大。

　　橘上还有一点令孙芊芊万分佩服。万江告诉她，商
场上立起来的橘上依然遵守前言，他每个月都会亲自开
车将利润送到两位经理手中，这之中就包括万江。

　　那么这就是说，你万江每个月都能有十几万的进账？
孙芊芊在万江给她讲完之后这样问他，万江不好意思地
点头称是。这一下孙芊芊有了最好的炒掉万江的理由。

　　对于万江那样一个没有其他本事的男人来讲，漂亮

女人远不如每月十几万进项重要。所以后来孙芊芊投入橘上的怀抱，万江不仅没感到丝毫的不快，而且还非常感激孙芊芊，感激孙芊芊没有堵他的财路。

于是，当恩怜悄无声息地从肖民手下转走，开了第二家设计室时，孙芊芊就想，这背后的投资者极有可能是橘上。因为，这符合橘上做事的一贯手段：事先没一点迹象，做起来又狠又准。

可是，他为什么这么做呢？孙芊芊想，仅仅是因为他喜欢上了恩怜？还是他想以此成为窥视宁氏巨大家产的窗口？孙芊芊无从确定。不过，有一点孙芊芊可以确定，那就是橘上对恩怜有了感情。从她内心深处讲，她宁愿将橘上所做的一切都归结于宁氏巨大家产的诱惑，而非恩怜本身。

揣着这些疑问，孙芊芊终于憋不住了。她在一个阳光明媚的日子里约见了橘上。她向橘上开门见山地询问，为什么要给恩怜投资，橘上没正面回答她，只是说，想做我的女人，就要学会一个本领。孙芊芊问他，是忍耐吗？橘上笑了笑，没有吭声。

晚上的时候，孙芊芊想，她就这么容易被打发吗？简简单单只一句话？但是，若不如此，她还有什么其他办法吗？难道非要他承认他喜欢上了恩怜？所以想过之后，孙芊芊只得选择了忍耐。

翻过雪片一样的日历，"恩怜设计室"已开业两周。十几天来，恩怜接到大大小小十来张订单，可是，令她非常心烦的是，除了一张网上飞来的定单外，就再也没

有一张能够真真正正地签下来的。

原因何在呢？客户们竟都是同一个说辞——对恩怜和蔡灵的设计不满意。如果是第一次有人这样说，或者是同一个人这样说，恩怜还能当作是例外而接受，可事实是每个客户都这样讲，对她来讲，就不能不算是沉重的打击了。

最具讽刺的是，恩怜下班时，总能三天两头地碰上肖民。同在一个区域，想不碰到都难。每次肖民见到她后，都亲切地问候她。她能看得出肖民是真心的，而非别有用心，可这就更令恩怜伤心了。她就真的不适合做设计这行吗？不然的话，怎么解释那些不能令客户满意的设计呢？

她很想找橘上问问，但是，想了一想后，她又没付诸行动。她怕橘上以为她在追求他。也曾听说过女孩倒追男人的，但是恩怜觉得那不是她的行为方式。

不过，随着一个突发的事件，她终于有个机会让她堂而皇之地给橘上打电话了。尽管这个堂而皇之的理由让恩怜和蔡灵痛哭了一个小时。

中午时分，恩怜和蔡灵在楼下的大厦员工餐厅吃完中饭后刚一上楼，就听到"啪"、"哗"和"稀里哗啦"的杂乱声响。

声响发出的方位是她们的工作室。她和蔡灵快步跑过去，一看之下都惊呆了。有两个人正拿着大厦里的不锈钢垃圾筒猛砸设计室的玻璃门，门已被砸破了，门上的"恩怜设计室"5个闪闪的大字正在排山倒海地向恩

怜和蔡灵的面前坠下，顷刻间已然落地，伴随而来的又是一阵刺破耳膜的声音。

"你们干什么！"惊醒过来的恩怜大叫。

"这样的设计室还留着干吗？没看到我们在砸吗？把它砸个稀巴烂，让它以后永远也开不成了！"

那两个人边说边砸着，直到门口所有可砸的东西都被砸掉，才停住手。这时大厦里的保安也跑了过来。他们将两名男子围在中间，喝令他们放下业已变形的垃圾筒，让他们和恩怜、蔡灵一同到楼下的保安部。

楼道里站满了观望的人，这一瞬间，从一张张围观者的嘲笑的脸上，恩怜看到了自己的悲哀和实际价值。

大厦的保安部没费什么劲就弄清了事情的来龙去脉。两个男子说，他们从网上下了张订单给"恩怜设计室"，可设计室交付的作品令他们不满意，为此，他们失去了一次非常难得的与国外合作的机会，所以他们非常气愤。中午的时候来找"恩怜设计室"，没想到碰了锁，他们气不打一处来，冲动之下有了过激的行为。

从他们带了颇多追悔与愤恨的叙述中，恩怜和蔡灵都记起了为他们设计的样品。在听到两名男子失去与国外的合作机会后，她们都不再愤怒了，转而还觉得有些愧疚。是啊，是她们的设计不好造成的后果。

后来，在保安部的调解下，两名男子向恩怜和蔡灵表示了歉意，而且还当场付出了一大笔钱，足够补偿刚才给"恩怜设计室"造成的损失。

保安部对这个结果非常满意，甚至认为是他们替"恩怜设计室"讨回了公道。最后，一场化干戈为玉帛的

事情就在保安部里尘埃落定。

　　恩怜和蔡灵上楼之后发现，设计室门口已被大厦清洁工打扫干净。恩怜让蔡灵先回家，蔡灵不肯。蔡灵一进门，便趴在桌子上放声恸哭。恩怜本不想哭，她觉得她还是一个可以算得上坚强的人，可是当她一听到蔡灵的哭声时，她也忍不住流下了眼泪。

　　傍晚的时候，大厦工程部来了电话，说是第二天就能将门装好，请恩怜她们不要着急。恩怜这才反应到，她此时此刻与蔡灵回家时，都无门可关了，她就更伤心了。

　　在恩怜的坚持下，蔡灵先回家了。往常这个时间应该是文佩来接恩怜的，但文佩去山东出差，没在北京。所以，恩怜望着面前的电话，只打给了她认为别无选择的人。

　　电话响了三声之后，橘上接了。

　　"……是你吗？怎么不说话？你是不是又哭了？"橘上问。

　　"我没有！"恩怜回答。

　　"在设计室吗？"橘上问。

　　"在。你……什么时候下班？"

　　"我吗？我从来没有固定的下班时间。你找我有事？"橘上的答话依然轻松如常。

　　"哦，我没事。"恩怜情绪低落地说。

　　"在设计室等我，20分钟后我到楼下接你。等我到了再出来。"橘上说。

　　"那……好吧。"恩怜说。

放下电话后，她感到很奇怪，明明自己心里想见他，但当他提出要来找她时，她回答的口气竟还有些勉强。

橘上准时到楼下，并打电话叫恩怜下楼。恩怜在电梯间里想，如果她真是他女朋友，去赴他的约会，那该多好。

晚餐的地点是恩怜建议的。平素她很少外出就餐，她爸妈都既不带她去，也不允许她在外面招摇。她仅知道十来家餐厅。这次，她选了一家离她家比较远的餐厅，为的是吃完饭以后，橘上没那么快能送她到家。

自始至终，也就是从恩怜坐上橘上的车，到他们吃完饭，橘上什么也没问恩怜。恩怜知道，以他那样锐利的眼睛，他早看出她哭过了，可是，他就是没问。也许他怕问了以后又勾起恩怜的伤心吧，恩怜想。

"我想跟你说件事……"恩怜说。说话的同时她眼神躲躲闪闪的，在橘上眼里像极了水面中的星星的倒影。

"……一件很不好意思的事儿。"

橘上说："既然是不好意思的事儿，就别说了。说点好意思的吧！"

恩怜更窘迫了，她不知道怎么跟他解释白天发生的事。但出了那样的事，他又是老板，她总要跟他说一声。

恩怜正想着呢，橘上又说话了。

橘上说："你知道这世上最不好意思的事是什么吗？"

恩怜抬起头，看着他，不置可否。

橘上又笑了。

恩怜想，要是自己也有他那么灿烂的微笑该有多好！他是幸福的：有理想、有事业、有爱情还有……还有人

暗恋。而她是那么的不快乐！

"恩怜，我告诉你，这世上最不好意思的事儿……是做对自己违心的事儿。对别人怎么违心都不为过，可是连对自己都要违心，你想，那日子怎么过啊！是不是？"

"你做过对自己违心的事儿吗？"恩怜问。

"以前没有。"

"那现在呢？那就是说，现在有了？"恩怜问。

"我们走吧！"

橘上率先站了起来，也不理会恩怜目光中流露出的眷恋，大步地迈过餐厅的门。

恩怜只得小鸟依人般地跟出去。当她走到门口时，橘上已到车边了。他好像有什么事要急着回家似的。

"……可是，我真的有事要跟你说！"恩怜在后面叫他。

"先上车！"橘上说。

车子开到一个幽静的地方熄了火。

夜色扑面而来，到处都充斥着海底世界般的幽幻。不过恩怜并不害怕，因为她知道橘上在她身边。

橘上开了门跳下车，然后仰天凝视。那动作只能让恩怜联想，他是在看漫天的星辰。

郊外的星辰会不会更明亮些呢？恩怜带着这个想法也跳下了车。

天上真的有很多星星，只是不太明亮。

不知何时，橘上已站到恩怜的身旁。恩怜扭头看着他，觉得他的眼睛比天上的星辰还要明亮。

而且，她也看到过，一些似火的东西，又开始在他

眼中熊熊地燃烧。

　　"知道刚才……我为什么不回答你吗?"橘上问。

　　恩怜摇摇头。望着橘上,她感到一阵窒息。什么话也说不上来了,甚至,连呼吸都觉得困难。

　　"因为我刚才一直在想……一直在想……我想……吻你。"

　　橘上说。说完之后,他贴住她柔软并有些颤抖的娇躯,揽过她的头,将唇重重地压在她的唇上。

　　橘上送恩怜回家的时候，将近 10 点。恩怜将白天发生的事告诉了橘上，并且流露出对自己设计水平的极大怀疑，她甚至对橘上说她不想继续做了。橘上沉默了片刻后，问恩怜有什么打算。恩怜说不知道。橘上就对恩怜讲，要不你嫁给我吧，什么都不要做了。恩怜当然不会同意。恩怜想，这成什么了？走投无路了吗？恩怜虽对橘上的提议感到欣喜若狂，但还是拒绝了他。

　　快到家时，恩怜对橘上说，第二天她不想去设计室了。恩怜犯了大多数女孩的通病：一遇到挫折就向后退。橘上再一次将车刹住，轻搂过她，并对她说，其实不做设计也挺好，你还可以做很多事。

　　豁然地，恩怜好像迷失在森林的羔羊，又看到了一条光明大道。

　　可是，恩怜仔细一想，又黯然了。她对橘上说，除

了做设计之外，其他的她都不会。

橘上说，不会没关系，你可以学啊，向你身边的人学。比如说学我，做物流，再比如……恩怜接话说，再比如学文佩，做辅料。

橘上听了恩怜的话后，有些欲语还休。恩怜问他是不是有话要说，橘上说我觉得你做不了辅料。恩怜挺纳闷的，问橘上为什么，橘上说原因很简单，因为文佩在做，所以你做不了。恩怜没与他争论，不过她心里已打定主意。最后，橘上告诉她，无论她做什么，资金不成问题，因为他会在后面给她充当财政部长。

一下子，恩怜觉得世界又美丽了起来。

回到家以后，恩怜没有马上睡觉，而是坐在客厅里等候母亲大人回来。她要表现得乖乖的，因为她知道，能不能成功，全在于母亲大人的一句话。

黎恩通常即使加班也不会超过 12 点回家，这天她回来得还比较早，因为次日她要参加一个商业活动。黎恩回来后，对恩怜乖巧地坐在沙发上等她感到很诧异。她先是问了恩怜，她爸爸有没有回来，恩怜说还没有。随即，黎恩就给自己倒了一杯水，边喝着边走向恩怜。忙了一个晚上她都没顾得上喝口水，就像她平时没时间顾及女儿一样。这会儿她觉得是个不错的时机，她准备尽一尽母亲应尽的职责，要好好地与女儿谈谈。

"最近接了几单活儿啊？都完成得怎么样呢？也跟妈妈汇报一下！"

黎恩话一出口就是领导教训下属的味道。也许很快

察觉到了，她连忙清清嗓子，又喝了口水。

"没有，还接单呢！要是能接到单就好了。我也不知道怎么回事，是我的设计水平不好，还是那些人的眼光有问题？反正他们就是不满意我和蔡灵设计的东西！"

恩怜说。这是心里话。

"现在知道难了吧。自己出去单干哪那么容易？你以为客户每天都拿着单子满世界找设计师吗？现在没钱的人会找现成的成衣样子，凑合凑合，不找设计室；有钱的人请大牌设计，花钱的同时不忘往自己脸上贴金。哪看得到你啊？我当初就跟你说，你不要一毕业就留在国内，要去法国或者意大利深造一下，你就是不听。说什么你的根在国内，你最喜欢中国传统设计。这没错，但你出去开开眼也没什么不好，能多学到一点知识。你看看人家芊芊，一有机会就抢着去国外，去接触大师，去观摩顶级的作品。你倒好，只知道窝在北京，窝在我和你爸的身旁。哎，这也怪我，当初要和你爸多带你出去见识见识就好了。我和你爸一直不敢将你放出去，其实是为了更好地保护你，我们就你这么一个女儿啊！"

忽然之间，黎恩感叹起来。

借着灯光，恩怜看到妈妈的鬓上有了几根白发。她为以前对妈妈的种种误解感到愧疚。

"妈，我有个想法……"恩怜说，她的目光十分真挚，她觉得她现下有责任也有能力替妈妈分担一部分重担。她说："妈，我不想干设计了，我觉得我在这方面没天分。当初我选这个专业也是您和爸爸替我决定的。但是，我不认为只有干了设计我才能成为咱们家的顶梁柱，

干好其他的，我一样可以让您和我爸休息一下。您支持我吧，我不会让您失望的。"

"那你要做什么呢？"

黎恩惊讶地问。恩怜的这种表示她毫无准备，太快的变化让她感到震惊。她没想到女儿会这么说。

"我要做辅料供应。文佩能做的我也能做，而且，我认为我做得不会比他差！"

"什么？"黎恩更加震惊了，她张大了嘴巴，问："恩怜，你怎么想要做辅料供应呢？咱们家和上官家合作了多年，一直非常默契。辅料供应这行不像你想象的那么简单。进货渠道、价格、品种，等等等等，都不是你一个外行人能马上掌握的。"

"我知道，妈！我可以慢慢做啊，总会有一天我能做好的，再者说了，咱们家用什么辅料，我来供应，怎么着也比从外人那里进货便宜吧。这叫'肥水不流外人田'，您应该知道。"

"外人？恩怜，最近你不是和文佩来往得很密切吗？你不说妈也知道。难道你们不是要……"

"什么呀，妈！我和文佩只是普通朋友。"

"好，你和文佩的事妈先不提。但是你要做辅料供应的事，我不能答应。因为你不具备这样的实力！"

"谁说我没实力？我有钱！我有足够的资金来运作辅料！"

"不说这事儿我还不问你呢，你还没跟妈说，你那间设计室是谁给你投资的呢？这总没必要瞒着妈吧！"

黎恩看着恩怜的眼睛，希望能从中审视出女儿回话

的真实性。

"是我的一个朋友。您不认识他。妈，您就答应我吧，您要不答应我，我就去找我爸！"恩怜说。

"我不能答应你。你也不用去找你爸。集团里辅料供应的事，由我管。跟你爸说也没用。你还是塌塌实实做你的设计吧！如果实在不行，可以选择去国外读书！"

黎恩一下严肃起来。她本来就有点女强人的个性，此刻一听到生意上的事，不管是不是女儿，她都认真起来。

黎恩说："另外我要跟你说，不管是谁给你投的资，你都要好好做。否则，我和你爸是不会替你做收尾工作的。在你没有能力独立运作一个项目之前，你不要指望我和你爸给你什么实质性的帮助。"

听到妈妈这样说，恩怜的心一下寒了。她本以为不费吹灰之力就可以拿到一部分业务，没想到不仅不是那么回事，还被狠狠地教训了一番。之后，恩怜走形式地说了句晚安，气鼓鼓地上楼了。

黎恩本想再多跟恩怜聊聊，多开导她一下，可看到恩怜那种脸色，她就知道，女儿的小脾气又犯了。

第二天一早，恩怜还是去上班了。当她走到设计室的门口时，门和招牌已经恢复原样。她开了门进去，看到自己的桌上有张卡片，还没有打开时，她就已经知道是谁送来的了。打开之后，上面写着："身若止水，心起波澜"。

短短的 8 个字，却令恩怜心潮澎湃了整整一天。

　　下班时，恩怜犹豫着想给橘上打电话，手刚摸到电话时，橘上的电话就已打过来了。他说他已到楼下，想带她回公寓吃饭。恩怜想也没想地下了楼，钻进橘上的车里。

　　在公寓里恩怜和橘上吃着街上买来的盒饭各自想着心事，互不作声。吃完饭以后，恩怜默不作声地将餐盒一一收起，扔进垃圾箱。

　　橘上说："过来坐吧，一起看电视。你怎么好像不高兴啊？"

　　恩怜没说话，像根木头似的走到橘上身边，坐了下来。过了一会儿，恩怜忽然说："你有妈妈吗？"

　　"什么意思？你问这话什么意思？"

　　橘上看着她，一脸惊愕。

　　恩怜没在意橘上的表情，接着问："你妈对你好吗？"

　　橘上听到这话后，才有些释然。他说："又怎么了？"

　　"我总觉得我妈对我不好。其实……这话我不应该跟你说的。可是……我又真的总有这种感觉。"

　　恩怜的声音中有一丝无助的沙哑。她显然没有察觉，不然她也会察觉到橘上揪心的眼神。

　　"我妈对我很好啊！她对我说的话，百依百顺。我不知道这世间还有谁能比我妈对我更好。只可惜……她不在了。"

　　"能问问……你妈是怎么去世的吗？"

　　"车祸。在我刚上初中的时候。本来她不会遇到车祸，可是她当时心情不好……"

　　也许这个话题太感伤了，两个人同时沉默了。良久

之后，橘上搂过恩怜的肩膀，抚摩着她的秀发说："其实从你妈妈的内心来讲，她怎么可能对你不好呢？你是她亲生女儿，又不是抱来的！"

"是啊，我经常用这话来说服自己。可我妈……我老感到她不喜欢我。昨天我回家跟她说，我要做辅料生意，她就是不同意。还真让你猜中了，她说上官家在做，不让我做。"

"这有什么猜中猜不中的？我昨天就想劝你，可一看你挺上心的，也没好拦你。我就知道你做不成！"

"为什么呀？"恩怜坐直了身子，转过头去看橘上。

"大家都知道的原因。你不会告诉我你不知道吧？"橘上轻描淡写地说。

"什么？"恩怜更不解了，瞪着一双大眼睛看着他。

"你没听说过那些传言？"

橘上扭过头像看外星人一样看着恩怜，仿佛恩怜的惊讶是装出来的。

"什么传言？"恩怜继续问。她隐隐地感到橘上口中所说的传言，会令她大吃一惊。

橘上没回答，而是收回胳膊，站起身融入窗前的夜色中。

"橘上，你就告诉我吧。即使你不说，将来别人也会告诉我。你又何必瞒着我呢？"

"太难听了，你还是不知道为好！"橘上说。

恩怜生气了。最后，经过她数轮的软硬兼施，橘上终于告诉了她一个大概。在说之前橘上也许都没想到，恩怜的反应竟那样激烈，她噌地从沙发上站起，跌跌撞

撞地跑出了公寓。

　　这天晚上，黎恩正在北京饭店的宴会厅参加一个答谢酒会。酒会的组织者是时装业公会，出席的有几个位高权重的市领导，也有一些国外同行。

　　黎恩的座位被安排在上官虹旁边。上官虹即文佩的爸爸，上官集团的董事长。很久以前上官虹就和黎恩相识了。当年黎恩只是宁信之的秘书，在一次工作中认识了上官虹。上官虹对她一见钟情，再见倾心，三见就变成了一如既往，但黎恩的心里只有宁信之，怎么也不肯接受他。后来，黎恩如愿以偿地嫁给了宁信之，上官虹也另娶了温柔娇妻，他们之间才彻底地由追求与被追求的关系转为亲密的朋友关系。

　　答谢酒会的开始，由市领导致辞，紧接着是外国同行发言。这一个过程进行了将近 1 小时。多国语言说完之后，大家站起身来，举起酒杯。

　　这时，一个服务小姐经过上官虹身旁，停在黎恩面前。她低声跟黎恩讲了一句话，然后用手指向门口。黎恩脸上露出惊讶的表情，并迅速扭头看了过去。

　　是什么人来找黎恩呢，上官虹有些好奇。他顺着黎恩的视线望去，一个面目姣好的女孩站在那里。上官虹知道，那是宁恩怜。她小的时候他曾见过她，也曾经抱过她。上官虹了解，黎恩是个女强人似的女子，平素从不带女儿出席这种场合。上官虹想，她女儿这时过来找她，一定有要紧的事。

　　站在门口的确实是恩怜，她找了好几个地方才找到

的。来之前她曾给她妈妈打过电话，可黎恩因为出席酒
会，将电话关掉了。

黎恩放下酒杯，匆匆走向门口。上官虹的目光一直
追随着她。黎恩走到门口时，伸手想拉她女儿的手，却
被她女儿推开了。然后，黎恩和她女儿一前一后走向
外边。

看那样子，上官虹觉得她们母女可能有些误会。一
想到黎恩强硬的脾气，上官虹怕她对女儿发怒，所以他
就追了出去。

刚刚走到楼道里，上官虹就听到两个人的争吵。虽
然声音不大，但从语速和蹦出的一个一个的尖刻单词中
仍能分辨得出。

以上官虹那样的年纪和那样的修养，一般来讲，不
应该去听别人的隐私。可他太关心黎恩了，所以他没能
及时停住自己的脚步，以至他一出现，更加剧了黎恩母
女俩的争吵。

黎恩有些颤抖，对女儿说："你先回家，我现在有
事。等我回家再说！"

恩怜说："你回答我，是不是？这一切到底是不是
真的？"

黎恩说："恩怜！你一天到晚不好好工作，还去听这
些流言蜚语！你说，你是不是在外边结交了不三不四的
朋友！"

上官虹刚好走到黎恩母女不远处，他看到黎恩有些
颤抖，忙插话进去。

上官虹说："你是恩怜吧？有什么事等你妈妈回家

说，里面还有好多人等着你妈呢！"

估计黎恩没想到上官虹会跟过来，她连忙朝他使眼色，暗示他离去。可是，已经晚了。

恩怜说："你就是上官集团的董事长，上官文佩的爸爸，上官虹吧！"

上官虹诧异地点点头，虽然他已经听出恩怜口中带出的浓浓敌意了。

恩怜看着黎恩说："看来人家说得的确没错，我百年不遇地碰巧过来找我妈，你也百年不遇地碰巧在她身旁！"

"恩怜，你不要在这儿乱讲话。你怎么能这么没礼貌呢，他也是你爸爸的朋友，你应该叫他一声上官伯父！"黎恩说。

在黎恩眼里，恩怜还是个孩子，她还想以母亲的威严去震慑住她。可是她没想到，孩子与属下不一样，属下可以无条件地听从上司，那是因为工作职责或是生活来源；而孩子不同，孩子在某些时候会在家长面前肆意地为所欲为。

"呸！我凭什么叫他？我恨不得上去给他两个耳光！怪不得外面说，我和上官文佩在一起，是在完成你和上官虹的未竟事业！果不其然！我为有你这样的妈妈感到惭愧！你不配当我妈！"

恩怜激动地说。她站在她妈妈面前，声音奇大无比。

上官虹猛然愣住。

"啪"、"啪"两声，就在上官虹发愣的眼前，黎恩抬手给了恩怜两个清脆的耳光。

十三

　　一个星期过去，恩怜的体重急剧下降。她依然每天按时上班，坐在办公室里接电话，看设计稿，与蔡灵聊天。下班后，与橘上相约去吃饭，然后由橘上送她到公寓门口。从外表来看，一切都跟往常无异。

　　又是一天过去了，天渐渐地黑了。橘上还没打电话来，恩怜坐在办公室里，百无聊赖地拿出钥匙，呆呆地出神。

　　幼年时，妈妈在恩怜眼里是一个严厉的老师。随着个头的增长，妈妈的形象也在不断地变化，最终被她定格为圣洁的女神，浑身被圣洁的光环罩住，不可接近。直到那一天，她亲眼看到上官虹出现在她妈妈身边，她才惊觉她和妈妈之间早已有了无法修补的裂痕。至今都想不起来那天是如何逃离那个地方的，她只知道一路上她都在不停地哭，直到哭着走进橘上的公寓，哭倒在

橘上的怀中。感觉好像是一只弱小的宠物，在受到伤害后只能选择逃向主人的怀抱。虽然听起来极为卑微，但她没有其他选择了。

那一晚她说了很多话，颠三倒四的，归纳起来只有一个意思，她要离家出走，永远也不回去了。至于去哪儿，她也没主意。后来橘上说，你就先在我这儿住吧，反正你也很熟悉了。所以，就像一株娇贵的兰花，恩怜从一个温室被移植到另一个温室。

月亮的光影渐渐变得清晰，恩怜的心渐渐变得空荡荡的。没有橘上的夜晚，夜都是一个颜色。

不知道橘上什么时候过来，恩怜想给他打个电话。突然的，一阵轻咳的声音在门口响起。那声音太过熟悉了，从她咿呀学语听到长发过肩。她连忙抬头去看，紧接着，手一抖，钥匙丁丁当当地发出清脆的声响，蹦到桌上后，掉到地上。

站在她面前的，竟真是她爸爸宁信之。他苍老的眼角在月色中像鬓角一样发白，恩怜的鼻子猛然萌生出酸楚的感觉。

宁信之说："我刚从法国回来。一下飞机就来看你。爸爸想你了！"

恩怜的眼泪一下子就流了出来。她猛地站起来，扑到宁信之怀里。宁信之的眼睛也湿润了。作为父亲，他一向认为自己的孩子最乖最好。每一个孩子都需要一个遮风避雨的胸膛，他认为，他的胸膛是人世间最广阔最安稳的那一扇。

好久好久之后，恩怜还在不住地哭着，仿佛想把多

天的委屈一股脑发泄出来。

直到宁信之拿出手帕，为恩怜擦眼泪，她才止住哭声。她抬起头来问爸爸："爸，您不怪我？"

宁信之说："当然怪了！我怪你不听你妈的话，也不回家。越来越像个坏孩子了！那天的事情我听说了，我和你上官伯伯是好朋友，他和你妈妈只是生意上的往来。外面的传言你不要信！有的人那样说，是他们居心叵测！"

恩怜说："爸，我不想提这事儿。你知道外边的人都怎么说吗？你不在乎我还在乎呢！我就不明白了，既然您也知道外面有闲言闲语，那您为什么还和他们家做生意啊？离了他们我们就活不了吗？"

宁信之说："恩怜，你还小，有些事你还不懂。等你再长大些我再告诉你吧！你妈妈不像你想像的那样。她虽然不是一个合格的母亲，但她却是一个值得每一个人尊重的女人。以后你会慢慢知道的。"

恩怜说："那以后再说以后吧，总之我现在不能原谅她。她一而再、再而三地打我，我真的觉得她不是我妈妈。您知道吗，爸，您知道我们班有多少同学从来没挨过打吗？您知道每一次我哭红了眼睛，同学问我我怎么编瞎话吗？您知道吗？"

说着说着，恩怜的眼泪又流下来了。那一幕一幕挨打的情景又重新在她眼前浮现。

宁信之说："她也是生气吗！每个母亲有每个母亲表达爱的方式。溺爱是一种爱，严厉也是一种爱。她太要强了，所以你一犯错误，她就会这样，她也是恨铁不

163

成钢。"

恩怜说:"那她想过没有,再好的钢也会有折的时候。现在我就折了!"

看着女儿越来越汹涌的眼泪,宁信之决意停止开导。女儿的脾气他非常清楚。再劝下去,只怕会适得其反。

所以宁信之又找出一个新的话题与恩怜继续谈话。他说:"恩怜,我一直没问过你,这间设计室是谁投的资?其实我也知道,你大了,有些事情不需要我这个做父亲的过问太多,但是你毕竟是我的女儿,我还是想了解一下。"

"是我的一个朋友,一个很好的朋友。"恩怜说。

"好。爸相信你的朋友。那你总可以告诉我,你们的合作是什么形式吧!"

"他出钱我出力。他占30%的股份,我占70%的股份。爸,我这可不是随便说说,我和他都办了相应手续。"

"嗯,看来我的女儿还是具备一些商业头脑的,办事一点也不马虎。这一点是不是跟爸爸学的?"宁信之笑着问。

恩怜不好意思地点点头。这还是她毕业以后第一次被爸爸夸奖。

宁信之又说:"恩怜啊,如果设计这一行做得不舒心,我考虑,你是不是可以试试其他的生意。"

恩怜的眼睛一下亮了,她知道她爸爸说这话的分量与含义。

"听说你前段时间因为一颗小小的纽扣吃了大亏,这

样吧，你从哪跌倒就从哪爬起来。我跟你妈妈商量过了，把纽扣的生意交给你做。"

"真的吗，爸？是真的吗？"

恩怜一下抱住爸爸，她脸上漾满了惊喜和感激。

"纽扣虽小，分量可不轻。恩怜，我想上一次的教训你也吸取了，这次爸爸就不跟你多说了。爸爸希望你的公司能红火起来，最次也要做过文佩那小子。爸爸不相信，我的女儿会比人家的儿子差，是不是？再者说，你也要让你那朋友投资之后能见到利润啊。生意人图的就是一个'利'字，所以你不能辜负人家对你的信任。"

"谢谢爸爸！"

恩怜激动地抱住宁信之，像小时候撒娇一样。

恩怜让宁信之稍等片刻，她跑到走廊里给橘上打电话，橘上像她想像的那样，一听恩怜说要回家，马上表示支持。橘上还对她开玩笑地说，别忘记回家后向她妈妈要钱，好付给他房租。

进入家门时恩怜有些椒然，她毕竟不是一个在社会上混过的老油条，见到妈妈以后，纯真女孩的天性就不由自主地流露出来。黎恩显然知道老公去叫女儿回家，她特意亲自吩咐让厨房烧恩怜平时最最爱吃的菜。家里的气氛果然比以往祥和了许多，黎恩在与女儿交谈的时候也比平时多了份亲切和温和。

不知是上官虹回家后与文佩说了什么，还是文佩自己有所醒悟，好长一段时间内，文佩都只保持在每天给恩怜一个电话的关系上。恩怜没有向他提起那天的事情，

那毕竟牵涉到了她妈妈，她觉得无论从哪个角度，她都不希望再被那种话题涉及。她冷冷地拒绝着文佩，一面也不想见他，这也许是一种爱屋及乌的非常规表现。

橘上与恩怜的约会也陡然减少。因为橘上说他正在进行一项大的计划，真正的男人都会将主要精力投入到事业中。对这一点恩怜十分欣赏，这跟孙芊芊当时欣赏橘上一模一样。

或许是在橘上的影响下，或许是要干出一番事业给爸妈看，恩怜工作的热情像突发的洪水一样空前高涨。她静下心来与蔡灵共同走访市场，分析数据，对比图样，一单一单的生意倒也做得有声有色。连一贯对她能力表示怀疑的黎恩都对她赞赏有加。她妈妈甚至说，恩怜现在掌管着宁氏全部的纽扣生意，非常出色。过不了多少年，整个宁氏都可以交给恩怜，她和宁信之就可以退休了。

转眼过去半年时间，恩怜的脸不仅没有因为夜以继日的工作变得晦涩粗糙，反倒因时时而来的兴奋心情出落得更加细腻白润。如果有人说事业会让女人衰老，那当他看到恩怜时，绝对会找到闭嘴的证据。

这天下班之前，恩怜又签下一个来自意大利的纽扣供应商的合约。合同的金额达到 4 万元，加上她前段时间的购买额，粗略算来，她已为宁氏购进了近 30 万人民币的纽扣，累计为宁氏节省了近 2 万元。统计表格上的一堆数字俨然有了生命一样，活蹦乱跳在恩怜和蔡灵的眼前，她俩不禁心花怒放。

蔡灵喜滋滋地走后，恩怜抓起电话，抑制不住狂喜

地给橘上打了电话，不知不觉中她已经打破了不主动约会男人晚餐的自我戒律。

橘上原本约了别人晚餐，接到恩怜的电话时，他有些犹豫，因为他不是一个擅长更改计划的人，不知出于什么原因，这一次橘上没有当即拒绝，而是在沉默了几秒之后，答应下来，并让秘书推掉晚上的计划，改而迎合恩怜。

两个人的晚餐定在公寓。恩怜去得比较早，她带去丰富的食物，等橘上回家后，两个人并不多言，只对着一窗月色静悄悄地吃饭，倒也别有一番滋味。

橘上的食欲并不好，不一会儿就不吃了。恩怜关切地看向他，问："是食物不可口吗？"

橘上说："不是。也许是这段时间太忙了吧，所以吃不下去。"

恩怜说："那你就歇歇吧，现在我开始赚钱了，你可以不必像以前那样辛苦！"

橘上听完这话脸色更加阴郁，他无精打采地说："就你赚的那点钱，怎么能让我歇呢，还不够解渴的呢。"

"你知道咱们赚了多少钱吗？"恩怜忽然大加神秘地问。

"不会超过 10 万。你不要告诉我，你这段时间赚了10 万。没可能！"

恩怜说："你怎么知道？"

橘上说："你不高兴了？"

恩怜不说话。原本她开开心心地想给橘上一个惊喜，这毕竟是她人生旅途中的一个重要业绩，她认为绝对可

以拿得出手在他面前炫耀。可没想到他一点也不感兴趣。看样子他宁愿关注她的喜怒哀乐也不愿意听她讲生意上的事。是不是赚的钱太少了，他根本看不上？恩怜想，也许是吧。他艾氏物流确实可以与宁氏媲美，但他也没有理由对她所取得的这点成绩视而不见啊。

"我还以为……你会鼓励我！"恩怜说。

橘上扭头看着她说："我没办法鼓励你。因为你无论怎么做，结果都一样！"

"为什么？你为什么这么说？难道你觉得我的努力不够吗？还是我的成绩根本就微不足道？"

说这番话时，恩怜尽量使语调接近调侃，她不愿连日来的好心情被他情绪上的淡然给淡化掉。

"好了，不说了，我们不说这些了！我想……吻你！"

话音落地时，橘上已站到恩怜身边，他像前几次一样，没容恩怜发表意见，就紧紧地抱住她。

恩怜顺从地闭上眼睛。如果想从他怀里挣脱出去，估计比倒转地球都难。

约莫过了七八分钟，恩怜也没等到他的唇。恋爱中的女孩多半在顺从之后抱有期待心情，恩怜也不例外。与橘上半是情侣半是合作者的关系始终让她眩惑，她早已在橘上一次次的吻中迷失了自己。

橘上将下巴抵在恩怜的右肩，使恩怜体味到他的重量。他为什么不吻她呢？恩怜好想想个明白。但眼下她实在无暇凝神，她整个人在他手中已经快融化了。

好在窗外路灯的光亮又一次将橘上唤醒，喘着粗气的他及时终止住进一步的疯狂。橘上的手依然握住恩怜

的身体，从他的眼神中，恩怜看到一种掩饰不住的悲哀。

恩怜问："你有伤心的事吗？能不能告诉我？让我和你一起分担，好吗？"

橘上重又将眼睛藏到她看不到的地方，他的下巴经过她的头顶移向她左肩。恩怜默不作声，一个她心动的男人，肯将心事放在她肩上，给她平添了一种幸福的暖意。

橘上缓缓开口了："我一点也不伤心。我没有权力伤心！不是我的事情，我伤心有什么用呢？"

就在恩怜还没明白他的话时，他又抱紧了恩怜。

橘上说："跟我走吧，我们远离这里。去一个没有人找得到我们的地方，让所有的人都在我们面前消失！"

"嗯。"恩怜含混地答应着。

"真的？"

橘上将恩怜的面庞摆正到他面前，认真中带出几分惊喜，问："你将来会不会后悔？如果你愿意，我们明晚就走。我白天把一切都处理好。你放心，我不会让你跟着我过苦日子的。"

恩怜没有立即回答，眼神中流露出很大的犹豫。虽然自始至终她无法抵抗橘上的魅力，但她还是无法离开自己的父母。

恩怜问："为什么？你能告诉我为什么吗？你是……想逃避……孙芊芊吗？我想……"

橘上推开了恩怜，一个人望着化不开的夜色。

他沉着嗓音说："在你的心中，你认为我深爱着谁？你回答我！"

恩怜在他身后低下头，她走向他，双手环住他的腰，并将脸紧紧贴在他后背。

恩怜说："我离不开我爸妈，也……离不开你。一直以来，我都想让你跟我回家，去见我爸妈。可是，我不知道你是怎么想的，我不敢说。怕你暗地里笑我轻浮，怕你拒绝我。"

橘上说："你没跟我说去见你父母，是对的。你让我怎么去见他们？你不要忘了，孙芊芊是他们的一员爱将。我不知道其他男人怎么处理这类感情问题，我是不是很弱智？"

恩怜说："是。你不像平时我眼中的橘上。不过，我能理解。我知道，由于我的缘故，你太为难了。一直以来，我没跟我爸妈提起过你，也没拉着你去我家，主要是怕我爸妈对你有意见。毕竟他们是很传统的人，以后要面对孙芊芊，甚至还要面对其他设计师。"

橘上说："恩怜，你真善良。我从来没见过像你这么善良的女孩，而且还很好欺骗！"

橘上转过身来，抓住她的双肩，突然提高声调，说："你知道我为什么会伤心吗？"

恩怜惊异地看着他。

橘上说："因为你！"

恩怜点点头。她相信他对她的感情。

橘上说："我特别想带你走，特别不想让你再做生意了。我不想看着你被一点儿虚幻的东西所蒙蔽！"

恩怜问："我被蒙蔽？我被谁蒙蔽了，橘上？"

橘上说："我为宁氏企业做配送，也不是一天两天

了，这你知道吧！"

恩怜紧盯着橘上的眼睛，希望能读懂他的意思。

橘上说："恩怜，我不该这样跟你讲。但是，不光从感情角度，就算从我们是合伙人这一层面上，我也应该告诉你。你知道宁氏每半年经我手运送的纽扣有多少吗？不低于 400 万元！我不知道如果我妈骗我，我会怎么样。还好，我妈从来没骗过我。何必呢，我有能力就让我去猎杀真正的野兽，不要为了哄我而扔给我一个玩具熊！"

天这么阴，怎么不下雨？橘上躺在一家五星级酒店的豪华客房里，边想边笑。他摸摸新窜出的胡子茬，记起上床时没洗脸。如果不是为了上班，他今天也不想洗脸，因为这种发自内心的笑靥实在太久违了。

恩怜，这个名字又一次在他醒来的第一时间里被念叨着。橘上不记得在哪个杂志上看过，说如果想测验心目中最重要的人，只要累计自己每天早晨醒来想起的第一个名字，谁占多数就是谁。其实不用测验，自从与恩怜在雨夜相识后，他清晨醒来时，脑海中就没有其他人了。

一切都在按计划进行，橘上为自己的按部就班感到格外满意。昨天晚上他送恩怜回家后，既没有回公寓，也没有回别墅，就径直跑到酒店来，一头扎进陌生的毛毯中，痛痛快快地释放心中的快乐。如果他猜得没错，

恩怜直到此刻肯定还没有合过眼睛。他确定自己已经爱上了她，但这并不能说明她有魅力能够让他犯错。他有他的行为方式，橘上想，他不会为任何人犯任何错误。

橘上匍匐到宽大的床边，拿过电话拨给孙芊芊。孙芊芊其实是个不错的女孩，如果没有恩怜出现，相信他在整件事情结束后，会选择娶她为妻。但是现在不成了，这就跟平时喝惯了白水的人一样，一旦喝过酒以后，变得只喜欢酒精的刺激，再也无法将就没滋没味是同一道理。

至于要怎么解决掉孙芊芊，橘上还没想好。他认为应该找一种水到渠成或是借坡下驴的方式。孙芊芊那女孩太聪明，他在不是万事俱备的情况下，绝不能惊动她。

电话很快通了，孙芊芊从电话那端传来的声音有些发慌。

橘上问："怎么了，芊芊？你在哪儿？"

非常熟悉的人大多喜欢用这种话做开场白。其实对方身在何处并不重要。

孙芊芊说："在……你公司里。"

"在我公司？"

橘上一下坐了起来。他没记得约过孙芊芊今天到公司见面，他相信她不会无缘无故不说一声地跑去他公司。

那一边孙芊芊开始沉默，当然，这种沉默也仅持续有两秒钟。但双方都是爱在脑筋上做运动的人，所以，这两秒钟已说明了一切。

橘上重新将身体缩回到被单下，仅露出一只手攥着电话。

"想念我了吗？我在酒店呢，你来吧！"

橘上说。他那花花大少的口吻用得登峰造极，以至连他自己都相信了，他开这间房为的就是想和孙芊芊亲热一下。

孙芊芊在那边流露出几分惊讶，她说："你在酒店？你干吗跑到酒店去？你不是说这两天你有重要的事吗？"

孙芊芊还没察觉，她无意中的问话，已让橘上嘲笑不已。他向来欣赏聪明的人，无论男女。当初对孙芊芊颇有好感，其他原因固然重要，她非常聪明也是一项。也许是因为橘上心中另有他人，也许是孙芊芊的聪明灵性没有再延续下去，总之当她进入酒店的咖啡厅时，橘上对她只感到厌倦。

两个人的见面没有定在酒店的房间中。正像橘上所说过的那样，恩怜是他唯一吻过的对象。他外表随意得像个花花大少，骨子里却还不够狂放不羁。孙芊芊也一样，她和以前的男友万江相处时，还有过一些亲热和过火的举动，但到了橘上身边后，她就没再彻底放下属于白领阶层的那种矜持。她可不想早点把自己卖出去，因为她知道有的东西保留久了会更有价值，那价值绝不是毫无生机的古董摆件所能比拟得了的。

咖啡厅在酒店的两层，橘上在下楼梯之前已然给公司里打回电话，向他们询问孙芊芊到公司去的情形。根据秘书的回电，橘上的心不禁下沉得没了底线。秘书向他汇报，经过调查，发现孙小姐意图在他们联网的电脑上拷贝宁氏企业辅料供应商的资料，但由于他们公司网络加密工作比较完善，孙小姐并没有将资料拿走。

　　这一切孙芊芊当然无从得知，不然她不会装出娇滴滴的模样，一见到橘上就刻意地撒娇。

　　橘上说："我之所以说这几天有重要的事，就是想躲在酒店仔细考虑一下人生大事。"

　　孙芊芊问："你的人生大事中包括我吗？"

　　橘上说："那当然了。"

　　孙芊芊又问："那我来了是不是打扰你了？人家是真的很想见你，要不我不会直接到公司去找你。我总担心你会爱上别人，近来我开始有这方面的预感了。"

　　橘上淡淡地问："那你预感到我会爱上谁？"

　　孙芊芊不假思索地回答道："我小师妹。"

　　橘上笑了。他知道这是孙芊芊一路上想好的先发制人的话。他说："爱上一个人跟娶一个人是两回事。爱是会变的，而且没有保证。不像娶妻，至少还有一纸证书作为保证。你说是不是？"

　　孙芊芊说："那这么说你不想娶她了？"

　　橘上说："我要娶的人你不知道吗？怪不得你要到我公司里去复制资料！"

　　孙芊芊一下愣住了。她没想到短短的几十分钟内，她的行径就被他知晓。但孙芊芊毕竟是孙芊芊，她很快就恢复了常态。

　　孙芊芊说："我有压力。跟她比，我没任何优势。我想有一份资料，以备将来开公司用。如果连你也不要我了，我也不可能再在宁氏干下去了。"

　　橘上说："你对我这么没信心？还是你对自己没信心？如果你不相信我，那么请早一点告诉我，我也不用

浪费很多时间很多精力，甚至连现在见你我都开始觉得多余！"

说完，橘上竟真的气呼呼起来，全没了往日的绅士风度。

"橘上！"孙芊芊慌乱地喊："我不得不承认，我这样做确实是嫉妒心在作怪。你为什么不替我想想呢？如果你对我也是真心的，我们将来也要生活在一起，那你还有什么需要对我隐瞒的呢？其实，我早就想说了，将你公司所有的资料都交给我，这也代表了你对我的一份承诺。"

橘上说："我不习惯用我不喜欢的方式进行表白。我想你也没必要拿这种东西做对抗宁恩怜的筹码。"

孙芊芊注意到，橘上在说"宁恩怜"三个字时，格外清晰。她知道橘上开始反感她嫉恨宁恩怜，但她没办法。而且，孙芊芊想，橘上越是这样，她对宁恩怜越没好感，她也要越加紧她的计划，以确保橘上不落入那个乳臭未干的小女孩之手。

这种想法直到孙芊芊下午坐在肖民的办公室里时，还强烈得要命。

她原本没打算今天到肖民的零零设计室，可她遏制不住的报复心让她不得不去尽快催促肖民，与她一同行动。

肖民没在办公室，孙芊芊打过电话后获悉，他半个小时后回来，她坐在他办公室里默默等待。

这事情也巧了。

　　孙芊芊得知肖民还要半个小时才能回来，她想下楼去买块巧克力。就在她走到电梯口时，上一次她曾见过的，那个给肖民送快件的男孩正与她走了个对脸。

　　很快的，他们两个就像老熟人般攀谈起来。毫无疑问，在那个快递员眼中，孙芊芊的身份就是肖民的太太。既然是肖先生交代办的事，他太太也不是外人，当然可以知道。他将快件讨好般地递给孙芊芊，孙芊芊假装毫不在意，接过东西后，就找了个简单的借口，迅速地将他打发掉。

　　可以说，孙芊芊从档案袋中抽出文件的那一刻，她没有意识到她会知道一个天大的秘密，所以，当她看清楚上面的文字时，她"啪"地一下先将手按向了自己的胸口，以确定自己的心脏没有被吓得跳出来。

　　又一个夜晚降临的时候，恩怜坐在一间她非常陌生的办公室里，高而大的隔断墙使整间屋子看起来阴森恐怖。以前她从没想过她会与这种地方挂上钩，现在，她不得不为了心中的疑惑与这种地方、这种人佯装老练地打交道。

　　这是一间私人事务调查所，负责的工作内容与侦探颇为雷同。恩怜本想向橘上问询，但一想到事情的严重性和保密性，她还是打消了那个念头。现在，她已不想让橘上过多地知道她的家事，而且其中有些极有可能是丑事。她在付过一叠厚厚的现金后，说出了委托内容。

　　果然是有钱能使鬼推磨，就在她给调查所的人写下她妈妈的姓名和地址后，没出一周，调查员就有证据确

凿的反馈消息了。

　　摆在恩怜面前的是一个大档案袋。恩怜用手捏捏，还不算厚，通过手的感觉，她猜测里面装的是照片。当她还在犹豫要不要当着调查员的面打开它时，调查员已替她取出那些照片。

　　那些照片都是两人的合影。女的是她妈妈黎恩，男的则是她最怕见到、最不想见到、最担心见到的上官企业董事长——上官虹。

　　值得恩怜留意的是，她妈妈与上官虹见面的地点。本来以恩怜的社会经验，她不会注意到这些细节，可是调查员平素身经百战，知道怎样指点客户不被千头万绪所困惑，这也是他们收钱的一个凭证。

　　调查员将30余张照片呈三行排开，一一给她讲解。

　　"您看这女人的穿着了吗？30多张照片只有两次衣着重复，这说明了什么呢？不用我说，您也可以知道。"

　　恩怜没有跟调查员说她与黎恩的关系，但她相信，以他们的经验，他们很可能早已洞悉了一切。恩怜的脸有些发烧，她不知道有多少做女儿的会在背后这样调查自己的家长，但有一点可以肯定的是，她对她母亲已经非常鄙夷。

　　调查员又挑挑拣拣地拿出几张照片，说："您再看这些，您看看！"

　　恩怜仔细看了，除了看出照片的背景是同一家酒店外，其他的她没看出什么。

　　"您看，这张是她进去时的照片，这张是她出来时拍的。"调查员拿着两张照片说，见恩怜还是没反应，他有

些急了。他也许是认为像恩怜这样年龄的女孩，不应该如此没有社会经验，就指导性地说："您看看她的头发和妆容！"

恩怜将眼神从调查员的脸上移向照片，果然看出不同。进入酒店的那张照片中，她妈妈爱梳的盘发非常紧密，而出来那张则显得有些凌乱。而且，她妈妈进入酒店时，用的是一款带点米色的口红，而出来时嘴唇上则是格外干净。

恩怜开始觉得很难过，看来橘上的旁敲侧击不是没有道理。他怎么能不为自己伤心呢？他一定早早就知道这些。他怕她知道以后承受不了，不肯告诉她，他以为带她到天涯海角就能躲开这些不干不净的东西。其实，当他告诉她，上官家一直没停止为宁氏提供纽扣时，她就注定要面对这些。恩怜将头垂下去，她开始为她、为她善良的父亲和她心爱的男人伤悲起来。

这事让她怎么处理呢？

从调查所走出来的恩怜摸不着头脑了。她沐着夜色在大街上游荡，觉得自己像个孤魂野鬼，既上天无门，又入地无路，委实可怜。

走着走着，她看到一间小小的书店，她汲汲然地钻入被冠以知识海洋的书堆里。她巴望着能在那里找到一条小道，哪怕是羊肠小道。

夜色阑珊，一点一点地随着她将店内的每一本书吞噬，她依旧没找到适合她看的那一本。她很想向老板打听，附近还有没有其他书店，她此刻最想办的是，将整间整间的书店买下，如果允许，她甚至想买下西单图书

大厦，找找有没有明确的答案。如果中国的书店不能满足，那就让她买下英国的巴诺或是亚马逊吧。

当天再亮时，恩怜的心也亮了。她打定主意，不去相信橘上或是外界的传闻。黎恩毕竟是生她养她的母亲，她没理由不相信自己的母亲而相信外人。

不过橘上特意跟她强调的一个概念，她已开始接受。橘上讲既然你妈说宁氏企业纽扣都交给你做了，你为什么不名副其实地大干一场呢？所以，恩怜决定先从她爸爸那里入手，只要争得她爸爸的信任，她妈妈那里自然好说。

在决定这样做的开始，恩怜反复扪心自问，当她有足够的理由相信她所采取的非正常手段都是为了她的家、她妈妈和她爸爸时，她浩大的工程就开始启动了。

首先恩怜先将作息时间表重新编排了一番。以往在她的行程单上从没有前往宁氏企业这一项，现在她不仅安排出固定的时间，而且安排的时段还比较长，每天长达4个小时。

她这样坚持做了一个月之后，收效显著。她本来就兰质慧心，又肩负宁氏继承人的辉煌名号，想不让企业里的人巴结都难上加难。对于她每天定点的出现，宁氏员工无一不认为这是宁信之着眼于未来的安排。比想像中的还要容易，恩怜迅速取得90%以上中层干部的真心拥戴，他们已在心中将她确认为企业的候补领导者。

在这件事的运作过程中，橘上并没有为恩怜出谋划策，他只是不断地鼓励她，支持她。恩怜的办公室里打

那开始从没断过鲜花，那都是橘上送的。橘上对恩怜说，他对花草有了记忆全凭她给的机会，恩怜对此大为感动，她见橘上时，已能非常自然地挽住他的胳臂了。

又一个月过去后，正值宁氏领导班子换届。恩怜在一个飘满薄雾的清晨郑重地向父亲提出，她要参加竞聘，目标职位是集团的采购部门经理。宁信之非常惊讶，好在当时恩怜说这番话时，挑选了黎恩不在的时刻。宁信之没往深处去想，他只是认为女儿在做生意上有了野心，当然，女儿意欲争强于上官父子的味道也能闻出个一二。作为商人，宁信之自然希望看到女儿能早一天发挥在商业方面的才干，他没有阻止，只是对女儿说，既然你准备好了，那你就参加常规的竞聘吧。

就这样，恩怜顺利地通过了父亲那一关。接下来，她用冷漠的口气向母亲知会了此事。黎恩有时在处理事情上分不清私事或公事，这其实也是她多年以来唯一失败的地方。谁说女强人一定能当好贤妻良母，一心不可二用，往往怀揣着这种愿望却做成了"闲妻凉母"。当年她在追求宁信之时，也因此耗费了许多光阴。她听说恩怜的打算后，根本没当一回事，因为那么重要的职位多年来除却她之外，她认为即使是宁信之也不一定能够胜任。在她忙碌的工作中，她也无法推断出，恩怜所作所为的真正原因。她一直懊悔在上官虹面前打了恩怜，但是她认为，无论是作为母亲还是企业的领导者，她都无须向女儿道歉。

变化就这样发生了。

换届时，那些中层干部投出的票，积攒到一起就真

的把恩怜推向了她妈妈正在坐着的位置上。

宁信之非常讶然，在一片赞美声中只得接受了这个事实。而黎恩也不是肯低头的人，她再不开心也绝不会做出让外人看热闹的事。一下之间，恩怜发现，黎恩老了许多。恩怜在感到愧疚的同时，暗暗发誓，她一定会让妈妈爸爸幸福。

恩怜设计室那边没有关门，她将管理权交给了蔡灵，希望蔡灵也能像她一样将生意做得风风光光。

上任的头一天是恩怜最不愿意度过的日子。但是没办法，有些事早晚都要应对。她约来上官文佩，委婉而又肯定地告诉他，宁氏与上官家族生意上的完结绝不是因为他的缘故。上官文佩深情地盯着恩怜看了好一阵，然后语重心长地说了几句话。

他说："恩怜，生意场上向来有合有分，合久了必然会分，分久了也必然会合。我知道你在为什么事困惑着，出于身份的特殊性，在这里我不便向你解释什么，我只想让你知道，以后无论在什么情况下，最关心你的人都会是我。"

恩怜说："谢谢你，文佩！我想，我也只能对你说这个。"

文佩说："不要谢我。那样会使我们的关系变得生疏。我还想在以后的日子里见到你，难道你不想让我见到你吗？"

恩怜说："是的。我不想让你见到我。"

文佩说："那我再跟你说最后一句话，好吗？"

恩怜点点头。

文佩说："本来……我认为……我能娶到你！"

说完，文佩没再看恩怜的表情，扭头就走。恩怜在他的背影中送出自己一生当中最哽咽的祝福。

好在橘上没过多久就打来电话，才不至于给恩怜更充分的时间酝酿出眼泪。暗地里，她有时怀疑，她为什么会那么脆弱，一点也没承继她妈妈的坚韧的个性。

一见面橘上就抱住了她。恩怜在橘上的怀中总能找到幸福感。她喜欢极了被他抱得发紧的感觉，那有点跟天使在天空翱翔时的快乐差不多。

橘上说："恭喜你，小宝贝！"

恩怜笑了。这还是与他认识以来，他第一次用这种亲昵的词称呼她。女孩初恋时大多记忆力极佳，男友的一个动作、一个单词、一个眼神，都会令她们刻骨铭心。

恩怜问："没有礼物吗？"

恩怜边说边向橘上伸出手。橘上很随意地接过来，出其不意地在她掌心中印上一吻。

橘上说："不许洗掉啊！这可是我送你的礼物！"

恩怜说："你讨厌！我才不想要你的这种礼物呢！"

边说恩怜边向他挥动着胳膊。她的力道终究敌不过橘上，相反，橘上倒将她的手再一次送到唇边。

橘上说："那好，你看好了啊，我就要取回去了！"

两个人说笑着向橘上的车走去。

上了车以后，恩怜没有立即与橘上商量到哪里去庆祝，往常他们俩一见面总为去哪里吃饭而无限制地讨论。恩怜有重要的事情与橘上商量。她觉得该到征求他意见的时刻了。

恩怜说:"你有没有觉得我长大了?"

橘上接话说:"怎么,想嫁人了?"

恩怜的脸刷地红了。也许她没料到橘上会那么快地揣摩到她的内心,她原本想一点一点地引导他踏上正题。

橘上在恩怜没来得及搭言的时候,接着说:"想嫁人就嫁吧,反正我也拦不住你。可惜我暂时不想结婚,不然我倒非常愿意娶你。"

恩怜陡然呆住。

千想万想,她也没想到橘上会说出这种话。

十五

　　天亮的时候恩怜没睁开眼睛。她整颗心都仿佛沁在冰冷的雨里，像一条不会流泪的美人鱼，只好在无垠的大海里漂来荡去，随波逐流。人都说美人鱼唱的歌扣人心弦，却没有人知道，天底下最动人的歌其实是哀歌。人到了极度悲伤的时候还能做什么呢？眼泪是留给平常日子的；大发雷霆是吓唬人的；默默无语是不知如何表达的；唯有歌声能够表达深入骨髓的凄回婉转。

　　宁信之快出家门时，听说恩怜发烧了，他进到恩怜的房间时，黎恩正愁眉苦脸地坐在恩怜的床边，摸着恩怜的额头。宁信之没太注意黎恩的表情，他更多的关注投在女儿身上。长久以来，他认为黎恩跟着他既没享什么福，还耽误了不少青春，甚至每时每刻全心全意地为他忙前忙后。对于一个太爱自己的人，时间长了，任谁都不会过于在意她的感受了。

"送她去医院吧。"黎恩说。

虽然宁信之不像医生一样时常接触病人，但他还是能从恩怜额头的温度上觉出，那绝不是 39℃ 以下的温度。

宁信之探身过去想抱起恩怜。恩怜睡觉时最爱穿裹头裹脚的真丝睡衣，宁信之一抱之下才发现，恩怜竟很反常地只穿了一身内衣。宁信之想，也许恩怜头天晚上就感觉到不舒服，他的心中一阵愧疚。他提醒应多给恩怜一点父爱。

宁信之将恩怜轻轻地放下，准备喊保姆过来帮恩怜穿衣服。此时黎恩到屋外去安排要去医院的相关事情，屋内没有旁人。就在宁信之准备回身喊保姆的时候，他突然发现恩怜的颈上有根细线。恩怜自小就不爱戴首饰，给她买过很多条项链她也不戴。随即，宁信之就看到了那根细线吊着的钥匙。那钥匙的形状太过普通，无论是谁都不会觉得有什么稀奇。但宁信之却像被霹雳迎头重击了一样，霍然闷了。

稍顷，他畏畏缩缩地轻捏起那枚钥匙。当钥匙被他举到眼前时，一股热浪已涌出眼眶。看到钥匙他想到以前的那枚钥匙，虽然两者之间截然没有一点相似的地方，但那感觉就像手榴弹的拉线一样，只拉一下，便引爆出所有的尘封故事。

听到门外有动静，宁信之忙将钥匙重新放回到恩怜的身上，用被角紧紧地盖住恩怜的脖颈，包括擦掉绝对会导致黎恩百般不开心的眼泪。

恩怜从小到大没怎么上过医院。她再恢复神智时已是又一天的下午了。她看到床畔上坐着妈妈，椅子上坐着爸爸，旁边还有一个架子孤单单却又无奈地吊着输液瓶。她鼻子一酸，眼泪不争气地流出来。

宁信之和黎恩手忙脚乱地安慰着她，他们从没见过女儿这样号啕大哭过。在宁信之和黎恩的分析中，恩怜的发烧全然是因为与妈妈赌气和劳累过度。像所有的父母一样，在女儿患病后他们除想到女儿的过分辛劳之外，能想到的就只有自己的过失了。

从医院回家后第二天，恩怜照常到宁氏企业上班。她从父母的脸色中，非常肯定地认为，她在病倒的时候没说过一句呓语，这让她心情或多或少好受一些。

设计室那边的事，她全部放手给蔡灵了。她既不愿意再踏上那个大厦的台阶，也不愿意接听有关那里的一切电话。文佩给她打过几个电话，并表示要来看望她，她心软地想就随他吧，后来一转念，记起曾经对他说过，不想再见到他的话，就狠下心再一次说出无情的话。

像所有的上班族一样，恩怜开始过起朝九晚五的生活。不同的是，恩怜"晚五"的"五"经常变幻，有时是"九"，有时是"十一"，更多的时候是"十二"。每个宁氏的员工都认为，宁氏在几年之内估计又会有新的飞跃。

一段时间以来，恩怜没怎么看到妈妈，甚至连爸爸的面也少见。有一天爸爸特意到她办公室去看她，很关切地问了她在工作上是否有难题，当听到恩怜说一切都好时，宁信之脸上的笑容绝对是欣慰的。离开办公室之前，他爸爸还顺便问了问，她为什么把一把钥匙挂在脖

子上。恩怜不记得她当时的表情是什么样子，她是怎么回答的，她只记得在听到爸爸的问话后，她不自觉地捂住了胸口的位置。

日子就像一粒粒珍珠，总能被一种虚无缥缈的东西串成项链。当恩怜几乎忘记她当初竞聘集团采购经理的原因时，又有人及时雨似的给她提示了。

恩怜在接到私人事务调查所的电话时，心脏怦怦地跳得厉害。她开始害怕这件事让她妈妈或她爸爸或是其他人知道的后果。有几个女儿会干这种事啊，听起来就有点不守孝道、道德沦丧了。

她跟调查员说，你们的工作可以结束了。那边表示没问题，说请恩怜小姐将余款付清。钱对于恩怜不是问题，她建议 1 个小时之后在某咖啡厅见面。这样做的原因，是因为她想速战速决，早早将事情了结。

在咖啡厅落座之后，恩怜按照当初的约定将余款付给调查员。调查员脸上的神色是和蔼的，但恩怜怎么看都觉得他藏着一种讪笑。就在她还不知道以什么方式开口询问时，调查员将一个信封推到她面前。

恩怜迅速地向信封瞟了一眼，给她的感觉是那里面装的东西比上次还厚。她想不管怎么样，一切都已结束。那些照片，即使再拍到一些照片，她也不会再在意。那是她妈妈，她妈妈有权去见她想见的人。

调查员彬彬有礼地向恩怜告辞。恩怜呆坐在咖啡厅的角落里，并向杯里莫名其妙地一连倒入两袋糖。

当她决定站起身来以正常的心态回去上班时，她拿起了那个信封。在拿信封的时候，她特意只伸出两个手

指，准确地讲应该是捏住信封宽大的边沿部分，因为她不想触及里面的内容。

进入办公室以后，恩怜开始筹划起如何不留痕迹地处理掉包里的信封。她想了数种办法，例如扔、例如粉碎、例如烧掉……最后都因为不太妥当而被她一一排除。

该怎么处置呢，恩怜犯了难。她顺手拿过信封，想放在面前仔细思考一下，可这一拿之下她就发觉到不对劲了。信封里装的不像是照片，倒像是个小盒子。究竟是什么呢？恩怜起了好奇心。

撕开信封后，里面是一个光盘盒。打开后，里面是一张蛋挞大小的光盘。说实话，恩怜将光盘插进电脑时，绝对没猜到里面的内容。她当时只是想，里面也许是调查员给她的工作报告，可是，当光盘在机器中自动运行后，猛然蹦出的声响将恩怜吓了一跳。光盘里面是一段对话，她妈妈打给上官虹的，约他在俱乐部见面。她连忙将机器调到静音状态，但除此之外光盘就没有别的显示了。

时间很快就到了第二天下午。恩怜感觉手表像绷带一样将手弯缠得生疼，她连忙低头看了看，指针刚巧定在 2 点 47 分那一格。她思忖了半天还是决定暂且相信那调查员一回。她想她宁愿白跑一趟，以证实自己是个非常讨厌的多虑、爱疑神疑鬼的家伙。

出租车开了 20 多分钟，恩怜拎着包忐忑不安地走进一家豪华私人俱乐部。她知道她妈妈是这里的会员，她也知道她应该采用什么样的手段混到目标地点。

189

　　如果有人说聪明是上天赐予一个人的最佳礼物，那恩怜宁愿她曾经错过上天派发这个礼物的时间。真的，若不是她天性聪明，她绝不会在咖啡厅里没见到她妈妈之后，下意识地找向其他的地方。

　　当她趁侍应生不注意的情况下，从电脑里查到她妈妈进入一间专供会员休息的房间时，她毫不犹豫地冲了进去。她当时只想将她妈妈拽离这个是非之地，想让妈妈知道她有多关心她，有多爱她，可是，当她推开门一头撞进去的时候，一切都晚了。

　　她妈妈正嘤嘤哭泣，精致的盘发正倚在上官虹的臂腕之中。恩怜张口结舌得什么也说不出来了。自小到大，她好像都没见过妈妈与爸爸如此亲热，她瞪大了眼睛看着妈妈。而妈妈和上官虹看向她的眼睛则瞪得更大。

　　身后连绵不绝的"咔嚓"之声将恩怜惊醒。她回过头去看时正好被一个人拽住。那人有着记者的职业态度，使劲地向恩怜问这问那，显然他早就知道恩怜的身份，可恩怜却惊慌得连他是男是女都无法分清了。

　　上官虹挡在黎恩的前面。他虽然开始时十分惊讶，但他毕竟在商场上驰骋过半辈子，反应比寻常人快了许多。

　　上官虹觉得眼前铺天盖地的都是不知从哪里蹿出来的拿着相机和话筒的人。这不是什么新闻发布会，却有着国际级会议的采访阵容。挡在黎恩身前时，他发现黎恩的女儿还深陷在包围圈中不知所措，上官虹只得又去兼顾恩怜。

　　黎恩也就是在上官虹去为恩怜解围的时候冲出人群。

在场的三个人都名头太响，哪个人有点问题都会被媒体
大肆炒作一番。现在三个人居然凑在一起被媒体抓个正
着，她觉得这一定是有人在背后进行了阴险策划。

黎恩首先是气愤女儿，她不知道女儿为什么总跟她
作对，这也是她冲出俱乐部时没有强行拉走女儿的一个
重要原因。黎恩恍恍惚惚地开着车，她虽然知道她并没
有做什么对不起宁信之的事，但她一世的英明与声誉还
是毁了。

想着想着，黎恩就将车开上了一座大桥。大桥上刚
巧有一排厚实的桥墩，她无法控制地撞了上去。

黎恩开的是一辆性能很好的奔驰轿车，奔驰轿车无
一例外地都有安全气囊，可奔驰车再防范也无法阻止住
方向盘冲着桥墩去，而且，看似威武不可一世的桥墩竟
还向天边飞去。就这样，奔驰车带着黎恩野马般冲向桥
下的水面。

宁信之在事发后半个小时接到电话，说是黎恩连人
带车被打捞上来，此刻正躺在急救中心进行抢救。

同时接到消息的还有恩怜和上官虹。上官虹的身份
最尴尬，不能去医院。而恩怜以最快的速度赶往急救
中心。

或许是宁信之身份特殊，他被获准穿上无菌衣进入
抢救室。各种管子插在黎恩的身上，多种硬邦邦的器械
交相鸣奏，单是气氛就让人觉察到情况的严重。

从主治医生的眼神中可以看出，黎恩生存的希望十
分渺茫。宁信之将手伸进白单子下面，紧紧地攥着黎恩

191

的手，他渴望内心所有要表达的东西能顺着他的手进入她的体内。

3个专家级的医生在最后一刻得出了结论，他们告诉宁信之，黎恩的生命虽暂且保住，但她却进入一种植物人的无知无感状态。

到达急救中心时，恩怜还不知道妈妈怎么样了。恩怜一路上只是在想，她此举并没有什么错误的地方。她并没有想到为什么会有许多记者候在那里，她只是简单地认为，她妈妈经常跟上官虹到那里约会，所以媒体会闻风而动。前一天她打开光盘时，听到里面的录音后，还不相信自己的耳朵。她天真地以为那是调查员采用特殊技术处理而成，她妈妈绝不会在电话里主动约会上官虹。她的口气是那么暧昧，说什么就是想见见上官虹，想跟他讲一讲心里话。没想到，她真的没想到，她跨进那俱乐部里的那间房时，黎恩会与上官虹有那种亲密的动作。母亲那圣洁的形象在那一刻轰然倒塌，她这才恍然大悟地找到与妈妈之间隔阂的真正原因。

黎恩已被转入重症病人监护病房。恩怜进门时宁信之正帮黎恩整理额前的乱发。由于是从水里打捞上来，黎恩的头发又湿又乱，经过1个多小时的抢救，头发虽然不滴水了，但依然乱得不成样子。

恩怜说："爸，我妈她……"

宁信之说："你还知道她是你妈吗！"

恩怜愕然地看着宁信之，爸爸那种严厉的口气她从未见过。以前无论她犯了多大的错，他爸爸也没这样发

过脾气。

恩怜说："我还不是为了您吗？妈妈她……"

宁信之说："够了！不要再说了！恩怜，我对你真的很失望！早知如此，我还不如没你这个女儿！"

恩怜想也没想地接话说："那您为什么要生我！您以为我愿意吗？要不是生活在这种家庭，也许我会更快乐！你们眼里整天除了生意就是生意！有谁关心过我？有谁理解过我？有谁真正地爱过我？是，我这样做在您眼里是大逆不道，但是，我这样做有我的道理！您知道吗，您知道我妈妈她跟上官虹在电话里说了些什么吗？您知道当我一推开门以后，我妈妈她正在跟上官虹干什么吗？您不知道！您肯定不知道！我也不想跟您说得那么详细，总之，我不想再认她这个妈妈，我为有她这样的妈妈感到耻辱！"

恩怜的话说到尾音时，看到宁信之的手向她挥舞过来。她直直地瞪视着爸爸，心想，我什么错也没有，爱打你就打吧。

最后，宁信之的手终究没有落下。他指指门，让她滚。恩怜跺了一下脚，心想连她爸爸也不能理解她的苦心，转而带着一腔愤怒与委屈向门外冲去。

屋内，宁信之再也坚持不住，身体在摇晃几下之后颓然倒地，他倒下去的身子刚好砸到黎恩正输液的那根塑料胶管上。

十六

　　街上有太多的车，红的绿的蓝的紫的，穿梭往来，交织不息。太阳的光耀眼得让人觉得心慌。站在一排栏杆的后面，恩怜想，一定是她的视力下降了，不然为什么会认不清楚街对面那个大门的招牌呢？

　　她再次低头看看，手机上的短信一个字一个字地触目惊心。

　　昨晚从急救中心跑出去后，她没有回家，她顺便将手机也关掉了，她不想让任何人找到她。当她用钥匙打开橘上公寓的门时，她隐约又想到一个不开手机的理由——她不想让橘上知道她又一次出现在那个公寓。

　　从夜晚到天明，恩怜像一朵盛开在中午的向日葵，四肢伸展地吸牢在床上，努力睁开眼睛，适应半空中游走的一幅一幅画面。妈妈的不忠、爸爸的懦弱，还有橘上的无情，都让她感到阵阵心寒。她甚至开始怀念起读

书时光了。至少，在校园时一切都那么单纯，也没有发生那么多事。

将近 10 点的时候，恩怜将手机打开。

一阵阵短信的提示之声不绝于耳。在手指按向短信查看键的那一瞬，恩怜都没清醒过来。她的手机是最新式的，可以存储 100 条短信。她有些纳闷，昨天一个晚上不回家，新短信竟会爆满。100 条短信内容相同，都是告诉她她爸爸心脏病复发，经抢救后被留院治疗。

恩怜用了百米赛跑的速度闯到大厦门口，拦了辆出租车赶往医院。当出租车停在医院门口时，恩怜开始迟疑起来。她觉得她没脸见她爸爸，更怕再一次被爸爸赶走。

恩怜时而低垂着头想冲到医院里，时而紧盯着医院咬着嘴唇发呆。

忽然，医院大门里出来的一个身影吸引住她的目光。虽然很多天未见了，但她还是一眼认出那是橘上。

就在恩怜考虑要不要跟他打招呼时，橘上也看到她了。

橘上先是一愣，就像恩怜在几秒钟之前看到他时一样，接着就大步流星地向她走了过来。恩怜如果不是小女孩扭捏心态作怪，她也许能看到橘上在走向她时，眼光里有多么的慌乱和忐忑，很可惜，恩怜总是错过这种能探究橘上内心世界的机会。

橘上走到恩怜面前时，恩怜的身子前还是一排排的护街栏杆。橘上就在栏杆的外侧站下。

橘上问："你站在这儿干吗？"

恩怜没有回答。她不知道该不该跟他说她父母的事，不过她相信，他一定早就知道了。坐出租车过来时，出租司机还曾多看了恩怜几眼，并跟她提起当天早上各大报纸上的头条新闻，借以试探恩怜是否就是那新闻照片中的女主角。

橘上又问："你不打算进去吗？"

恩怜嗫嚅了一会儿说："你怎么也在这儿？"

橘上说："我来找你。我已经在医院里找一圈了。我以为你会在。"

恩怜说："哦？我……"

不知是橘上的腿比较长还是他的手臂比较有力，他只轻轻撑了一下，恩怜绝对没看到他用什么特殊的技巧，他整个人就从栏杆外面翻到栏杆里面，然后他搂过恩怜，就像知道恩怜肯定会听从他一样，带着恩怜走向街边的一个茶馆。

在茶馆坐定以后，恩怜还是没敢像以前那样望向橘上。她有点后悔，觉得刚才与橘上交谈简直就是个天大的错误。她家的事她不想让他太过了解，她也不想让他看出她心绪不定。

橘上对茶道好像比较精通，他在那里一会洗茶一会暖杯，只是一句话都不说。

给恩怜倒过一杯水后，橘上说："你不像我以前认识的那个恩怜了！"

恩怜说："以前我什么样？"

恩怜心里惦念着她爸爸，坐着的姿势怎么也不能安稳。

　　橘上说："以前你极其幼稚，现在你比较幼稚！"

　　恩怜说："我不想听你说笑！橘上我想……我不能跟你在这儿喝茶了！"

　　说着，恩怜站起身来。

　　橘上说："是去看你爸吗？要看你为什么不早点去？要看你为什么站在大门口？要看你为什么还跟我进这茶馆？"

　　说到最后一句时，橘上的声音将门震得直颤，他还狠狠地拍了下桌子。

　　桌子上又是一片狼藉。那种感觉恩怜很熟悉，有一次在橘上的公寓时，也曾出现过类似的场面。那一次恩怜逃跑了，这一次她想跑也跑不掉了。

　　橘上抓着恩怜的胳膊，使恩怜看上去像一把挂在树杈上的阳伞。恩怜的眼睛再也流不出往日很容易流出的眼泪，因为她的眼膜已被橘上眼中的怒火堵住。

　　橘上说："我从来没有见过像你这么不孝的女儿！亏他养了你那么多年，你不尽孝道不说，竟然连一点恻隐之心都没有！"

　　恩怜说："你发这么大火干吗？这是我家的事，与你无关。你放开我！"

　　说这番话时，恩怜又恢复了她特有的柔弱无力。她对橘上的好感在这一刻达到了一个高度，恩怜想，此生也许再也不会对别的男人有这种依赖的感觉了。

　　橘上说："我告诉你，宁恩怜，跟你有关的事永远都会关联到我！别跟我说跟我无关！你给我记住我现在跟你说的话，否则你会后悔一辈子的！"

　　恩怜点点头。在橘上慢慢放开她以后，她又重新坐下。她实在没有力气了，她真的好想和橘上说说心里话。

　　恩怜说："你知道吗，我不是故意的！我真的不是！"

　　说着，恩怜的眼泪流出来了。这才是她的心里话，她不知道对谁说，或者是有谁会听。即使是她妈妈和爸爸，她觉得他们也不会再相信她。

　　橘上招呼了服务的小姐，重新给他们端上茶具。在恩怜的眼里，橘上正在为她想着全面而周详的办法。

　　果然，没过多久，橘上说："恩怜，他是你爸爸，你是他女儿。你去跟他赔礼道歉，他一定会原谅你的。"

　　恩怜说："是，我知道，我知道！"

　　然后恩怜就呜咽地说不下去了。

　　橘上又说："我本来想进去见他，但又觉得现在这个时候不太合适。你也先别跟他提我们的事！"

　　这最后一句话又对恩怜起了决定性作用。在恩怜听来，橘上说的这一句，已经将他们的关系和对她的感情表白得十分清楚。她体味到前些时候橘上只是处于所有男人都会有的彷徨期，而非真的对她漠不关心或是逢场作戏。

　　恩怜只一味地点着头，没再讲其他的话。之后，在橘上的臂弯中，恩怜走过之前曾横亘在她眼前的那条马路，带着赎罪的心情进入医院。

　　事情远比恩怜想像得还要坏。她快走到病房门口时，让大夫叫到值班室。大夫对她说，她爸爸的病情非常严重，估计在半年之内都不能出院。

　　从值班室走向病房时，若不是为了看清楚房间的号

码，恩怜估计会一直看着自己的脚尖。她先是在门口停顿了一下，然后想好进屋以后要跟爸爸说的道歉话，才推门而入。

屋内静悄悄。想必是为了让阳光多一缕投射到屋内，窗帘大敞着。恩怜看向病床上，他爸爸正用赶不及的动作擦拭眼泪。在恩怜的心目中，她爸爸是一个多坚强多伟大的形象啊，可此刻……

恩怜轻轻地向前移动着步子，她想迈着稳重的步子走到她爸爸跟前，然后跟爸爸说一声对不起。

很明显的，宁信之听得见，但他身上连有通往诊疗机的管子，一只手还正承担输液的重任，动不了。只能发出一些咕咕哝哝的声音，他是想竭力表达什么，以掩饰夺眶而出的眼泪和莫名的惊恐。不过，这一细小的动作还是被恩怜的细心留意到了。

顺着宁信之只瞟了一眼的线路看去，一大束花正斜斜地躺在洁白的桌上。花是用漂亮的锡纸包裹着，面向门口的尾部还配有卷曲的丝带，除了花束格外粗大外，看不出有什么不同来。

恩怜想，那也许是爸爸的某个好友或是下属送来的。恩怜走过去想举起来，递到爸爸的面前。可是，当她的眼睛一触及到包着的花朵时，她全身的血液一下凝固了。

有谁能想到，这是一束纸花！一束代表着祭奠亡者含义的纸花！

"爸，这是谁？这是谁干的？"

恩怜大力地将纸花抛向地面，她的唇哆嗦着，脸色大变。

　　宁信之哑着嗓子呜咽起来。他的声音是那么的悲壮，好像有块大石头压在他的胸口。

　　一个星期过去了。宁信之的病稍微见好，已经能开口讲话了。恩怜将黎恩接到同一家医院，住在宁信之的隔壁。她每天夜以继日地守着。最后，她爸爸在仅能连续说一句话的时候说，恩怜，你不要总在医院了。爸爸一时半会儿也出不了院，集团的事就交给你全权管理吧。说完，她爸爸还让她叫来集团的几个核心管理人员，嘱咐他们协助恩怜管理好集团的业务。宁氏集团是一家私有企业，并无外人一分一毫的资产，老板将生意交给自己的女儿，也是再正常不过，而且那几个管理人员也早打定主意，在没退休之前继续辅佐恩怜，现在只是时间上提前一些罢了。

　　接手公司后，恩怜将一天的时间分成四份，一份约莫有6小时，处理集团的事情；一份约莫6小时，到医院去陪爸妈；剩下的时间中，一份给了床铺，不过5小时；一份给了橘上，听他传授生意上的技巧和各种规矩。

　　危难见真情！这话一点都不假。恩怜想，她以前对橘上的点点不满，或是对他的些许意见，都那么的不值得一提。男人跟女人的表达方式天生就不同，他爱她并不一定要表现得像她爱他一样，虽然，恩怜以前在睡不着觉的无数个夜晚中都想过，她只想他爱她像她爱他一样，只这样，就足够。

　　现在，她满意了。

　　这样持续了一个多月后，事情又有变化了。那天是

上午 10 点，恩怜接到消息，她爸爸的病情又恶化了，她急匆匆赶往医院。在这之中，恩怜不是不关心她妈妈，但毕竟黎恩是植物人的状态一时之间还无法扭转，每次站在妈妈的床前，她的膝盖就有些发软，她知道她即使跪下，她妈妈也毫无知觉。她当初对妈妈的一点怨恨，只能说源自于她心灵上某些变异了的空间，现在她觉得，与失去她妈妈，和她妈妈曾经带给她的温暖来讲，那实在算不了什么。

恩怜赶到医院时，他爸爸已处于昏迷状态。有她妈妈在前面带给她的不幸经验与教训，她决定留下来，好好地守着爸爸，不再离开半步。

这样，恩怜办了一件决定宁氏企业命运的事：她请橘上帮助她打理宁氏的业务。这在外人看来，也许根本不可能。宁氏上上下下有上百个管理人员，凭什么要请外人。其实恩怜这样做也有她的道理。宁氏企业对外是一个整体，对内则分为三个部分，有设计部、生产部和辅料采购部。设计部和生产部不用太费心，都属于是水上行船，按既定的航线开足马力便可。辅料部在黎恩交权后，就归恩怜管理。一连多日来，与橘上耳鬓厮磨，她很多技巧都是向橘上学来的。况且，辅料的运输工作也由橘上的公司负责。在达到痴恋的程度时，任何女孩都不会对心爱的人有所保留。恩怜认为，她有绝对充足的理由交给橘上办理。

事实上也正是如此。橘上接手业务后，比恩怜打理得更为井井有条。辅料部副经理原本对橘上的加入还心存芥蒂，但一个多月后，橘上出类拔萃的生意头脑也让

他渐渐信服。他在向恩怜汇报时，数次都流露出对恩怜眼光的敬佩，并且对于恩怜何时嫁给橘上都表示出极大的兴趣。外界也有一些谣传，说是橘上原本和孙芊芊好，如今又看上了宁氏大小姐，不过这在宁氏管理层的那些人看来，根本就没什么。原先孙芊芊不是也跟万江好过吗？未婚男女，跟谁在一起都不算违法。况且橘上也是北京城里响当当的人物，他又没摇尾乞怜惺惺作态，无须让人怀疑他是为了宁氏的财产才去追求恩怜。

恩怜在宁信之和黎恩的房间里不停穿梭，眼看着父母还不见起色，她一天比一天焦急难过。

文佩给她打过几个电话，都被她一语不发地挂掉。她到现在还记恨着上官虹，若不是他，恩怜想，她家也不会落到如此地步。她将妈妈变成植物人的原因，一股脑地赖在上官虹身上。

早上8点的时候，恩怜还有些懵懂状态。她这段时间都是在医院待着，有时在爸爸房间里半梦半醒，有时在妈妈房间里半坐半卧。所以，当她的副手、辅料公司副经理进门找她时，她没看出他脸色煞白得没了血色。

为了不吵醒妈妈，恩怜跟着他走到楼道里。

副手说："宁经理，我想跟你汇报一下……"

副手边说边看着她的眼睛，好像是要从中找出什么可以提示的东西。

恩怜这时觉出了不对劲，她的脸也刷地一下白了。

副手接着说："工厂那边下午就要停产了。因为差一部分原料和辅料。我前几天都按照您的要求请示过艾先

生，他说运输原料和辅料的车在路上出了点问题，会在今天凌晨将所有的东西入库。我一直在库房那边等着，直到现在……"

听得出，副手一字一句地想将事情交代清楚。恩怜的眼光在他脸上停留了几秒，然后，佯装镇定地向他挥挥手，说："哦，我知道了。你先到我妈屋里看着，我打个电话问问。"

恩怜在看到副手进到她妈妈的房间后，才拿出手机。在打电话之前，不知为什么，她的手先摸了摸颈上的那枚钥匙，然后开始一个号码一个号码地拨给橘上。

电话通了很长一段时间以后，才有人接听。恩怜辨出，那是橘上的声音。

橘上问："谁啊？"

恩怜的心渐渐下沉。她不知道她要是开口了，橘上会说什么。他手机上面明明会显示出她的号码，而且每一次在接听她电话时，他都亲热地称呼她为恩怜。

橘上说："……再不说话，我挂了啊！"

恩怜说："是我，宁恩怜！"

橘上说："哦，宁家大小姐啊！找我有什么事吗？"

恩怜依然不死心地说："你现在在哪儿？"

橘上说："你听——"

恩怜的耳边传来阵阵海浪的声音，间或还有女人大声的嬉笑声。

橘上说："……听到了吗？海南的小岛！这里的阳光真好，我好久没这样晒过太阳了！"

恩怜说："……你身边好像有女人的声音……"

不得不说，恩怜是在给自己一次机会。她期待着橘上说没有。那样她的心也许会好受一些。可是，她失望了。

橘上说："是啊，没错！你要不要听一听？"

接着，橘上的手机换到另一个人手中，那从遥远的地方传过来的声音犹如晴天霹雳一样，炸响在恩怜的整个世界。

用橘上手机说话的人竟是孙芊芊，她说："小师妹，我老板的病怎么样？好点了吗？还有你妈妈，情况有好转吗……"

恩怜的手机械地举在耳边，她不知道应该用什么样的方式结束这个噩梦似的电话。

那边橘上又说话了："刚才忘了通知你，我下个月和芊芊订婚。记得一定要来参加啊！"

恩怜自认为冷静地问："为什么？你为什么会这样？我有做过对不起你的事吗？还是你太贪心，想据宁氏为己有？"

橘上说："你说的原因都不对。娶芊芊，是因为我爱她！我爱她！就这么简单！"

说完，橘上将电话挂断。

恩怜慢慢地靠向窗台。天在旋，地在转，窗外的太阳依然灿烂，可其他的，都跟原先不一样了。

不知，海南小岛上的阳光是不是跟北京的一模一样？

恩怜记得，以前在读书时，形容解放军攻打敌军时，会用一个成语，叫势如破竹。她当时颇为不解，破竹就破竹吧，一把斧子放在竹子梢头，向下一劈，竹子自然会破，哪儿还有什么势不势的？后来，老师跟她讲，之所以不破其他东西而选了竹子，是因为竹子有节，潜台词里面有个节节被破的意思，衬托出气势非凡，任何力量也挡不住。打那以后，恩怜总想弄根竹子破破，看一看那种势道。可北京不是生长竹子的地方，鲜有竹子，她一直没得到机会。

现今，她终于体味到这句成语的真正含义了。势如破竹？那真是一种势如破竹的感觉，尤其是在突出气势的方面。现在的宁氏，宛如一根竹子，在橘上那把大斧的横劈竖砍之下，处于工厂停产、业务停顿的地步。

躺在床上的宁信之也悠悠转醒，他好像早有预料似

的，在秘书和副手吞吞吐吐的诉说下，并没有多惊讶。恩怜毕竟是个刚走出校园的孩子，如果依了她的情绪，她会冲动地去找橘上算账，但是，当她原原本本地跟宁信之讲完以后，宁信之拦住了她。

是的，事到如今她不可能再跟爸爸隐瞒什么了。她为她的轻率和误信他人感到难过。她甚至想，如果不是还要面对爸爸和已成植物人的妈妈，她会学剑客一样，切腹自杀，以此谢罪，但她现在不能。她爸爸还不能离开她，她妈妈也躺在病床上，等她照顾。他们家只有她一个孩子，她不能就这样走了。

宁信之看出恩怜要去找橘上算账的念头，对恩怜说，眼下最重要的事，不是去找谁厘清事情的原委，而是看看还有什么办法可以解救公司。

橘上真的很歹毒，他没给宁氏留下任何活路。他将宁氏的现金全部拿去支付购买辅料的款项，而辅料由于运输问题在短时间内不能入库，所以，宁氏积累多年的资金就白花花地流了个底朝天。工厂和设计部那边无米下炊，违约掉数以百计的合约。一一算来，客户的赔偿金足够再开几家宁氏。宁氏还有几千名员工的薪水要付，这又是一笔不小的费用。本来公司的财务总监还提出，找银行贷点款，但不知银行是收到了负面消息，还是橘上在暗地里做了手脚，平日与宁氏财务总监称兄道弟的信贷部部长，也逃亡似的没了踪影。

恩怜想起她的设计室。她想设计室毕竟做过几笔不错的生意，趁着橘上没回京，把那边的钱拨过来。可谁知当她刚拨通蔡灵的手机，蔡灵就告诉她，橘上让财务

把款都提走了，说是有急用。

这一下，任何能解燃眉之急的路都没了。恩怜一筹莫展。这时宁信之在心力交瘁之下，又陷入昏迷状态。

后来，不知哪个多嘴的人提到恩怜家的房子，说是如果卖掉怎么也够给员工开支的了。无奈之下，恩怜让副手去二手房中心打探价钱。副手回来说，人家只肯给600万。恩怜咬咬牙，只说了一句——那就卖吧。之后，她就再没回过那个家。

在恩怜住了二十几年的别墅被卖掉的当天，宁氏正式对外宣布停业。

有几次，恩怜想冲到橘上的家，当面向他问个究竟。她不明白，她怎么也明白不了，他为什么会这样做？他装得太像了！那个雨夜，那个他们相识的雨夜，就是他阴谋的开始吗？然后，她为游乐场设计的衣服神不知鬼不觉地给调了包，承运那批货物的就是他橘上。再之后，纽扣无端涨价、他给她开设计室、设计室被砸、他教唆她回家向妈妈要辅料生意，直到她入主宁氏……每一件看似没有关联，但又都跟他有关。这一切因为有了她，他橘上的道路变得极为顺畅，顺畅得就像给他铺就了一条金灿灿的大道！怪不得以前有人惊叹于橘上暴发的神速，原来他就是靠这种卑鄙手段！看来古希腊人说商人和窃贼共同敬奉赫耳墨斯为同一个神灵，真是太有道理了！

但是，最终恩怜还是没有去找他。她觉得一切的一切，都不是被人家强迫的，如果有罪，罪也在她，而不

在于其他人。谁让她愚蠢透顶呢！

另外，还有一个当务之急摆在面前。她爸妈的医疗费也即将没有着落。所有能动用的钱都花光了，恩怜以前存下的几万块压岁钱也早已用完了。医生说，即使是维持，每天也需要花掉 1000 元。让她到哪儿去找这笔费用呢？

恩怜想重操旧业，但由于她的特殊背景，也由于她在设计行业没做出过什么成绩，所以没人肯给她机会。

恩怜以前的交际不多，好友蔡灵能力有限，帮不了什么忙。文佩在这个时候又出现了。他好像一直都很关注恩怜的一举一动，但是，他给恩怜的帮助只让恩怜感到沉重和亏欠，恩怜不肯接受。

还好，就在恩怜兜里只有最后 100 元钱时，她一个大学同窗向她伸出了援手。那女生如今在一家设计室工作，专接礼仪公司的礼服设计。这家礼仪公司档次较高，平时只为有特殊身份的外宾服务，偶尔也接些国内达官贵人的活，所以在礼服方面特别讲究。

若不是想到她爸妈还躺在床上，恩怜在接到同学的电话时，都差点开心地笑起来。她同学说，要首先能适应加班，其次，还要有当临时模特的心理准备。有时礼仪公司活接多了，忙不过来，就会要求设计师做临时模特。她说她也知道这难为了恩怜，但是，这毕竟能很快地赚到钱。她向恩怜说了待遇，说是只要每天工作 12 个小时以上，赚到 1000 元钱没有问题。恩怜当即就答应了。还有一件让恩怜感动的事，那个同学以前在上学期间，跟蔡灵的脾气不很相投，这次她不计前嫌，还告诉恩怜，如果蔡灵愿意，可以一同去上班。

对于没有过分劳累过的恩怜，一天 12 小时的工作量简直让她喘不过气来。哪里是什么设计啊，就是一个高级裁缝。她开始时还跟着蔡灵埋怨几句，后来连埋怨的力气都没有了。是啊，每天那么累，连说话的力气都没有了，更别提埋怨了。

夜深人静的时候，看着满天的星斗，恩怜好想好想痛痛快快地大哭一场。

不过，她没泪。她想，眼泪都不听话了，她最后可以控制的东西都没了……

天，转凉了。

恩怜是在回家的路上感到的。下了汽车，一股寒意打痛她的前额，摸摸脑门，恩怜感到夜风的生冷。她将敞开的夹克向一起拢了拢，加快了脚步。

汽车站离她住的地方有 15 分钟路程。房子是她那个同学和蔡灵凑钱给她租下的，是个干净不足偏僻有余的地方。

转过一个废旧的工厂，再走上 3 分钟就可到家了。

这时，恩怜看到一辆车，一辆黑色的车。这让她联想到了那个一直没有遗忘的名字。恩怜看着漆黑的地面，暗暗责骂自己，什么时候也学会了没出息地睹物思人！就在她还没责骂完自己时，她已被地面上猛然出现的一个黑影吓了一跳。

那明显是一个人的影子，可她没发现前后左右还没有人啊。她腿下开始打软，仅看过的几部恐怖电影里的

情节纷纷涌入脑海。当她想拍拍胸口安慰一下自己时，那黑影已以迅雷不及掩耳之势向她扑来，恩怜觉得地上的黑影一瞬间暴涨起来，由地而上地擭获住她。

一个温热而宽阔的怀抱。

是橘上！

那鸽子窝似的 36.5℃ 体温，那草叶般清新的味道，那白云一样飘忽不定的大手，那漩涡一样越陷越深无法挣脱的包围圈……

恩怜试图绷紧身体——既然挣扎不出去，那总可以以这种方式表明心态吧！恩怜闭紧眼睛。

这段时间给了她充分的思考空间。橘上在她的心里，时而成为渴望已久的甘露，时而成为张牙舞爪的恶魔。她想，即使你真的不爱我，那你总是喜欢我；即使你真的连喜欢过我都没有，那你总是不讨厌我的；即使在你眼里我是很讨厌，那你总可以不理会我啊；即使你连理会都不想理会我，那你总可以对我对你的爱视而不见啊；当你连视而不见都做不到的时候，你为什么要将我的家我的父母都带进深渊呢！

恩怜的眼泪悄然落下。

橘上说："跟我走吧，恩怜。我好想你！"

就这一句话，又把恩怜拉回到现实世界中。她不知道应该怎么回应他，他说他想她，还要她一起走。那前些天呢，前些天他在海边跟她说的话呢？还有，她爸妈视为生命的宁氏企业呢？

恩怜说："我已经什么都没有了。你还来找我干吗？"

橘上说："可是我有，我现在什么都有了。只是……

没有你。你想要什么我都可以满足你！现在，从现在开始！"

恩怜说："那好，你把我曾经健康的爸妈还给我！你把我曾经工作过的宁氏企业还给我！你把我给你的所有一切都还给我！"

橘上放开了恩怜，眼神中充满了无奈，恩怜觉得，他是费了点力才将那些话打压下去。

橘上说："你不要再跟我提那些没可能的事。那些我给不了你。而且即使我能给，也不会给你！"

恩怜说："为什么？我只想问你为什么？你为什么这么做？你给我个理由，好吗？我只要你一个能说得过去的理由！"

橘上说："……我爱你！"

"啪"的一声，恩怜狠狠地给了橘上一个耳光。

恩怜说："不要再跟我提那个字！你不配！比起你为金钱所付出的，你为那个字所做的一切都不值一提！那么纯洁的字眼根本就不是你这种肮脏的人能使用的！"

橘上显然也激动了，他说："你不信？那最好！我也希望你不信，我更希望我自己从没有爱过你！可是除此之外，我再也想不起其他字眼儿！再也想不起了！这还不够吗？你还要探知什么理由呢？那些对你已如过眼烟云，再也不存在了！有些事……你不必知道！"

显然，恩怜被他激怒了。她不能一而再、再而三地受他欺骗。她大声地说："你滚！你滚！你这个骗子！你会不得好死！"

橘上怔在原地，他也许被恩怜吓倒了。一时之间，

他既没有动作，也没有语言。

恩怜蹲在地上，双手捂着脸，很像橘上第一次在雨天见到时的样子。

橘上的眼睛也湿了。他慢慢地向自己的车走去。

风又起了。

大到将他的头发吹得挡住了眼睛。

临上车时，橘上听到恩怜嘶哑着嗓子低声喊："你一定是有什么阴谋！你一定是觊觎着我们宁家的什么东西！你一定是特别恨我们宁家！你一定是处心积虑地想毁掉我们宁家！难道我们宁家上辈子欠你了？即使我们宁家上辈子欠你，我宁恩怜也没欠过你什么！你为什么要这样对我？为什么？为什么？"

宁信之和黎恩没有任何好转的迹象。为了能在一周内抽出一天的时间陪伴爸妈，恩怜在另外的六天拼命工作，她没日没夜地干活，纤细的手不仅变得粗糙，还被剪刀和针弄得千疮百孔。手上无时无刻不贴着数块创可贴，惨不忍睹。有几次她的同事跟她说，恩怜，你这样会没命的。恩怜只是笑笑，说，不会的。她还要孝敬她爸妈呢，她的命哪能说没就没呢。心里面她却想，没命了也许就解脱了吧。但老天爷不会放过她的，她犯了那么多错，怎么能让她这样不负责任地走呢？所以，她对她目前所受的苦都毫无怨言。暗地里，她只希望老天爷再睁一次眼，不要让那个人再在她面前出现了。

如果花儿谢了以后能重新再开，如果云儿走了能再回来，那世间就不会有悲伤与无奈了。

二十多天以后，恩怜与橘上又碰面了。

那天礼仪公司给恩怜、蔡灵和另一个女生派了个活儿，到位于怀柔的一个风景区给一场订婚典礼当礼仪小姐。同去的还有礼仪公司的 12 个专职模特和几个老牌设计师。

怀柔在北京的东南方向，恩怜他们是乘大轿车去的。一下车，恩怜还在收拾要用的一些物品，蔡灵和另一个女生就慌慌张张地从车下蹿了回来。

蔡灵说："恩怜，你今天累不累啊，要不你就先在车上睡会吧。下面有我们呢！"

那女生也随声附和。

恩怜刚想和她们打趣儿句，说自己是个无坚不摧的铁人，他们的老板就上车叫她们来了。无奈的，三个人拿着东西下了车。

订婚的典礼设在风景区的一间酒店，宽宽的红色地毯从外面一直铺到正厅，酒店里的柱子还被金色的特制绸缎裹成辉煌的式样，一切都显得别具匠心。

恩怜快步向厅里面走去，蔡灵和那女生在背后喊她，她假装没听见，她不想让任何人看出脚下的沧桑与疲惫。

大厅门口的旁侧放着喜庆告牌，恩怜在经过的时候突然觉得眼角抽搐了一下。她停下脚步折回身来，看向告牌。一下子，她明白蔡灵她们为什么叫她了。

那告牌上写着两个名字，橘上与孙芊芊，标准的楷体印在洒金宣上，格外夺目。

蔡灵说："恩怜，我们……"

那女生说："恩怜，你看你，我让你别来了，你就是

不听！"

恩怜回过神来，露出一个她认为绝对可以称得上灿烂的笑容说："这是工作，我怎么能不来呢！"

然后，她的眼光在看向两个好朋友时，无意中扫到正搂着孙芊芊进门的橘上。

橘上的嘴角写满笑意，他全神贯注地只盯向他臂弯里的人，那个曾管恩怜叫小师妹的女孩笑得十分甜蜜。

蔡灵和那女生像陀螺一样旋转到恩怜的眼前，挡住了恩怜的视线。

蔡灵说："恩怜，我看你还是回车上吧，这边有我……"

恩怜说："不用了。我是来工作的。"

说着，恩怜伸出手去拉蔡灵，她的另一只手被她另一个女同学拽住。

可想而知，恩怜在这个工作过程中受到什么样的刁难。孙芊芊一会让恩怜为她整理礼服，一会让恩怜为她重新梳理她故意弄乱的盘发，一会又让恩怜给橘上倒饮料，甚至让恩怜站在他们面前，她的吻贴向橘上的嘴唇……

女人有时允许别人欺骗她们的感情，但却无法忍受被别人伤及自尊。就在橘上用丰润的嘴唇回吻孙芊芊的那一刻，恩怜低着头冲出大厅。

在走到大厅门口的时候，恩怜想，她不能就这样落荒而逃。不知是胸中的气闷还是什么其他的原因，恩怜决定必须要听一听他的解释，哪怕那解释是胡乱编出来的。

　　就这样，在大厅外踟蹰的恩怜终于等到橘上一个人出现的机会。

　　一身礼服的橘上，还像以前那样风度翩翩。他好像知道恩怜在等他，玉树临风地走向恩怜所在方向的洗手间。在他经过恩怜的身边时，并没有多看恩怜一眼，就如同以前从没见过恩怜这个人一样。

　　恩怜在他从洗手间出来的时候叫住了他。当时他们周围一个人也没有。

　　恩怜说："你是要用这种方式来伤害我吗？那只能代表你本质上的龌龊与无能！"

　　橘上说："在感情上我太冒进，已经没有了退路。我只能用这种方法安抚我在某些人身上得不到的东西。怎么，你有意见？"

　　恩怜说："我没有意见，只有建议。虽然我不知道为什么你这样歹毒，但是，我想请你答应我一件事。"

　　橘上说："人只要是歹毒的，就有可能说了不算，或者算了不说！这你不知道吗？"

　　恩怜点点头，像是重新认识了橘上一样，想转身潇洒地走掉。她认为她已经没必要再让橘上解释什么了。

　　橘上在她身后说："不过，我还是想听听你想让我答应你什么事！"

　　恩怜没转过身，冷冷地说："我想请你忘掉一个你不大在乎的名字；同时，我也想请求自己，忘掉一种我曾经非常向往的、在如今看来已不大可能实现的幸福！"

　　橘上说："这是你的真心话吗，宁恩怜！你在这里等我，就是想告诉我这些？你转过来，我给你看一样

东西！"

恩怜迟疑了一下，缓缓转过身，她很诧异，橘上会让她看什么东西。

橘上的手上赫然有一张照片，那张她曾经在他公寓里见到的照片。照片上的女人依然梳着波浪似的头发，眼神炯炯有光。

橘上说："这是我妈！你曾经看到过的！你知道我妈为什么会死吗？"

恩怜瞪大了眼看着橘上。橘上后面的话她已隐隐地猜到，她想闭上眼睛和耳朵，不去听、不去看、不去想。

可是，橘上的声音还是冲进她脑海，橘上说："……是两个无耻之人——宁信之和黎恩一手造成的。"

恩怜激动地回敬："你妈才是无耻之人呢！"

橘上抬手给了恩怜一个耳光。恩怜蒙蒙地晕倒在墙边，她一点也不感到疼痛。以她眼下对妈妈的感情，和橘上平时流露出的对她妈的回忆，她能想到她的话会带来一记耳光。

橘上残忍地看着她，说："我曾说过，有些事情你不必知道。但你不听，你太好奇了，那我就告诉你吧。宁信之在三十年前有个温柔贤淑的妻子，叫艾小蔓，艾小蔓为他生下一个儿子，后来，宁信之与秘书勾搭成奸，害死了艾小蔓。再后来，宁信之如愿以偿地娶了他的秘书，他的秘书就是黎恩。艾小蔓也有个孩子，你能想到吧，他叫橘上！"

恩怜呆呆地看着橘上，她的头脑已经木了，怎么也串不起橘上跟她说的每一个字。

　　橘上接着说："现在你是否还觉得我做得过分呢？我只不过是替我妈出了一口气。在你想到你妈的同时，你是否也想到过我也有妈？如果你说我的手段比较歹毒，那么我告诉你，为了你，我已经手下留情了！面对宁信之和黎恩那对狗男女，我认为我不只是宽容，简直是宽宏大量了！回去告诉他们，因为有你，我才给他们留下一对狗命！"

　　橘上的脸离恩怜非常近，他粗重的呼吸扑过来，像是撒哈拉沙漠的狂沙一样，把恩怜压倒了。

　　橘上是宁信之的儿子！

　　是她哥哥！

　　是她同父异母的哥哥！

　　曾经的浪漫一瞬，曾经的荡气之吻，曾经的春意幻想，弹指之间皆出现在恩怜的面前。怪不得他说不能娶她，怪不得他总是抵抗她的爱，怪不得他说和她有关的就和他有关……答案竟然会这么残忍——他竟和她是一个父亲？

　　恩怜哆哆嗦嗦地说："你……你不是我哥哥，你不会是……"

　　没等恩怜将话讲完，橘上阴着脸转身离去。空荡荡的大厅一角，只剩恩怜傻傻地倚墙而立。

　　外面广场上的灯已经亮起来，厅内的订婚仪式也快开始了吧！

十八

　　外面的天非常阴郁吧！一阵阵雨前的潮湿和闷热噎得人喘不过气来。踉跄之手突然在须臾之间抚摩她的全身，恩怜努力站直身体，想要证实自己还没脆弱到会晕倒下去的悲惨地步。

　　她向外慢慢移动着脚步，回想着橘上刚才讲的故事。在斩钉截铁中，橘上表明了是她哥哥的事实，这一点恩怜已全然相信。但是，她无论如何也接受不了橘上所说的，她爸妈曾做过对不起橘上妈妈的事。那总是她的爸妈啊！以前不曾体会的恩情，在爸妈住院后像深埋的火山一样在恩怜心中爆发。恩怜不愿去联想爸妈偶尔的惴惴不安和负疚，她强压住那些蛛丝马迹，在心里不断地说，不会的，不会的，决不会！

　　走到大厅的门口时，门口已空无一人。恩怜猛然意识到，前几十分钟还在门口喧哗的人也许此刻都进到订

婚宴席厅了吧。是的，他们一定是去参加橘上和孙芊芊的订婚典礼。那该是一个值得纪念和羡慕的场面。只可惜……主角不是她。

他要是她哥哥，那爸爸没来也怪可惜的。也许……真的会有这种也许，他不是她哥哥。她想……她宁愿想……她是妈妈和另外一个男人的结晶，而不是她爸爸亲生的，不是宁信之亲生的……不是橘上他爸爸的。

直到走到庭院里时，恩怜还在喃喃地说，"他不是我哥哥！他不是我哥哥！他绝对不是我哥哥！"

庭院里有一条鹅卵小径，蜿蜿蜒蜒地向湖边延伸。延伸的路途中有点坡，斜斜的，从恩怜的可视视线望去，不太经意间绝看不到晶光闪闪的湖面。

恩怜随性地走着，她潜意识中还知道不可以向停泊着的车走去，她无法确认那上面是否有司机，是否有人会不小心看穿她的心事。

在一棵树旁，恩怜再也走不动了！

"不可能，他不是我哥哥！不可能的，他不是我哥哥！"

恩怜还在说着。

突然，有个声音附和着说："他当然不是！"

"你知道，是吧？他不是我哥哥！"

恩怜语速极快地问道。她怕她迟了，那个声音不在了。管他是谁说的呢？只要他不是她哥哥就好。

恩怜转过身来一把拽住跟她说话的人，急切地看向她，看向她的眼睛，想从对方眼睛里得到更多的肯定与坚定。这一次她没有失望，她从面前人的眼中看到了真

相，继而，她又从面前人的口中得到了真相。

　　站在她面前的是一身盛装的孙芊芊。她此时本不该出现在这里，她看向恩怜的神态有些得意，就像是墨涅拉奥斯从帕里斯手里抢回了迷人的海伦。

　　没关系的，恩怜想。芊芊什么姿态都不重要，只要她能证明橘上不是她的哥哥。

　　恩怜的脸上在这时居然流露出一丝笑容，她问："你知道他不是我哥哥，是吧？"

　　芊芊说："他当然不是你哥哥！像你这样山寨子鸡窝里蹦出的毛丫头怎么会有那么高贵的哥哥？我知道你在找你哥哥！你终于知道你不是宁家亲生的了？"

　　"你说什么？"

　　恩怜一下子呆住了。

　　"很吃惊是不是？"芊芊撇撇嘴继续说："刚开始我也很吃惊。当我知道你不是宁家亲生的后，甭提我有多开心了！我知道这辈子橘上都不会爱上你。你知道吗，他看中的是宁氏企业，现在，宁氏企业已经全归他所有，而且，你也不是什么宁氏企业的大小姐，你说你们还怎么再继续下去呢？你也许还不知道你的来历吧？我知道。要不要我告诉你啊？"

　　恩怜傻傻地盯着她，她分不清芊芊说的是否是真话。但她想听下去，反正已经够多的了，再听两句也无妨。

　　恩怜的声音有些强烈镇定后的沙哑，她说："你说吧！"

　　"你是……算了，我还是暂时不告诉你的好。免得你受不了！从这一点上看，我还是很好心的哦！宁恩怜！

哦，对了，应该叫你恩怜，不应该带着'宁'字，我以宝贵的生命起誓，你不是宁家的千金大小姐。你既没有父亲也没有母亲，只有一个哥哥。如果你哪天肯跪下来求我，我或许会告诉你谁是你哥哥。现在不成，现在我还要去参加订婚仪式。我的订婚仪式马上就要开始了。另外，我还想提醒你，以后不要再缠着我家橘上。他现在是我的未婚夫。嗯？小师妹？"

孙芊芊说完这番话，天空忽然传来了雷声。那雷声打得有点干，就像雷公嗓子劈哑一般。孙芊芊被吓得连忙站到树阴外，举手拦住落下来的雨点。这时她的眼睛被什么东西晃了一下，定睛一看是一片破碎的镜片横卧在落叶上。

孙芊芊奸笑了一下。她相信这个笑容在她记忆里从未出现过的。她说："听说过割腕自杀吗？如果你需要，这儿有现成的东西！"

恩怜不知是傻了还是思维停顿了，她竟真的弯下腰去把那个有着锋利边缘的碎镜片拣拾了起来。接下来的动作她也像受到了蛊惑——手腕上动脉的纹络在此时看来格外清晰。镜片划下去的时候，血一滴一滴地很快渗了出来，滑向地面……

孙芊芊慢慢地转过身去，对自己说了句"不关我的事儿"，然后就向着典礼大厅优雅地走去。

雨还在下。孙芊芊此刻觉得，雨丝很柔，很温暖……

艾橘上正走出大厅，他意识到了什么驻足看孙芊芊。

孙芊芊说："你出来是找她吧？不过我宁愿相信你是

出来找我……晚了，你就是以最快的速度跑过去，也不见得能见到她最后一面了……"

艾橘上紧张地问："你把她杀了？"

孙芊芊："我没这么傻……是她自己……她割腕自杀了……"

"橘上……"

恩怜用尽了一生中所有的力量喊了出来。她希望在临死的一刻还能记住这个名字。

这是一个即使到了地狱她也不会忘记的名字！

艾橘上的心痛是难以形容的。恩怜在他手里，软弱得一如那个初遇她的雨夜。人家都说没有气息的人是又僵又沉的，而恩怜不是。这跟艾橘上内心深处的想法是不谋而合的——恩怜她不会有事！她还在！她还需要他！她不能就这样丢下他！

医院的白炽灯将每一个角落都照耀到了，当然这其中也包括孙芊芊的脸庞。她跟到病房完全是为了冷眼旁观恩怜的挣扎。在她的心中，恩怜就是最大的敌人。个她消灭得非常费力的敌人。

艾橘上的态度出奇地温柔，那种应有的暴躁和怒火早已不知躲藏去了何处。

医生从抢救室内走出来。摘下口罩时说了一句让艾橘上非常意外的话。

医生说："你快把她的家人叫来吧……她危在旦

夕……我们现在只有两袋血了，而且……全市也只有这么两袋存货。这只够她一天的输血量，她至少需要输三天的血！"

艾橘上愣愣的。他知道他有几秒钟是没有反应的，因为他的大脑停滞在了医生的话上。

"她的家人……"他到哪去找她的家人呢？

"你一定知道……"艾橘上直视着孙芊芊。

孙芊芊说："我是知道！但要我告诉你，还需要你向我做一些妥协……"

艾橘上："说……"

孙芊芊："明早去领结婚证！结婚证只要一到手，我自然会告诉你她的家人是谁……"

艾橘上抬手给了孙芊芊一个耳光之后，再也没看她一眼，转身走掉了。

医生肯定是看到艾橘上心痛欲绝的眼神了。他在艾橘上走到他办公室之前叫住了他。

医生说："终于联络到了一个血型符合者，不过人在国外，我们正在请他尽快赶到……艾先生，只是费用……"

艾橘上接话说："多少都算我的！一会儿我的助理居然会把支票送来！大夫……谢谢你！"

医生咧开嘴想笑笑，但他看到艾橘上颓废得需要一扇墙壁支撑才能站稳时，就将微笑改为安慰性的拍拍肩膀。干这行太久了，他见多了生死离别，见多了撕心裂肺的依依不舍，但像艾橘上那样，一副生死与共、打算同归于尽的决绝他还是从未见到。究竟是什么样的感情

啊，为了一个女人，看似粗犷的男人竟如此不堪一击。

　　艾橘上怎么也没想到，跟恩怜血型相同的人竟是肖民。肖民一见到艾橘上就挺高胸膛，他早巴望着这一天呢，只是没料到会是以这种方式上阵亮相。

　　当然，不管形式是不是很简单，过程是不是很仓促，结果都是一样的。他找到妹妹，也由此确定了，恩怜就是他妹妹。肖民心下暗暗愉悦，他知道，他的前程将会因此而发生特别漂亮的转折。

　　艾橘上对这个事实显然也是没料到的。他无法将肖民与恩怜联系上。在他心中，恩怜只是他一个人的，就像私有财产，现在冷不丁地有人站出来，指着这财产对他说，不是他一个人的，他实在无法接受。当肖民跟随医生进去抽血时，他简直有一种压抑不住的冲动想把恩怜抱回家。恩怜是他的！是他艾橘上一个人的！谁也不能夺走！不过，转念一想，他又不得不承认，恩怜的安危在他眼中，比他自己的生命还要重要。

　　时间持续了6个小时，医生终于允许他进入恩怜的房间了。他看到肖民也在房间里，而且，就坐在恩怜的床畔。

　　肖民像是对橘上有很大的顾忌，看到橘上进来，他连忙站起来把座位腾出来。

　　橘上咬着牙努力使自己露出一个类似感谢的微笑，肖民则以慌不迭声的招呼媚颜地回应。接下来橘上就没再看肖民，而是用手去轻抚恩怜的脸。他不知道如果失去了恩怜，他还能不能活，他一定要确认，恩怜的脸还

有温度，恩怜还在他的面前。

"我妹她输了我的血，不会有事了……"肖民说。

橘上抚摩在恩怜脸上的手被这话语惊得一抖。他回过头去看肖民。

"这件事情……我想还是等一段时间再跟恩怜说吧！"

肖民说："为什么啊？她是我妹！我终于找到妹妹了！"

橘上说："我怕她……一时接受不了……请你替她感受一下……"

肖民注意到，橘上对他说的话里有了一个"请"字，而他的语调也确实充满了恳请的味道。肖民识时务地马上换了一副面孔。

肖民说："是是是，还是你考虑得周到！不过……"

橘上接话说："你放心，我一定会找时间跟恩怜说的！你是她哥哥，这事实没人会改变！"

恩怜的眼皮颤动了一下。由于橘上回头与肖民说话，所以谁也没注意到。

其实，在橘上抚摩恩怜的脸时，恩怜就已经醒了。肖民和橘上的对话，她一字不落地听进耳里。她很想在这个时候用双手堵住耳朵，不让那些话钻进来，可她刚一有动作，就感到一阵椎心的疼痛——她的手臂上还插着给她以活路的输血管。清醒过来的这段时间，她已经想明白了。死是不能解决任何事情的，她要活下去，她要为自己的傻、自己的笨付出代价。

恩怜继续闭着眼睛，听肖民和艾橘上对话。

艾橘上有些感慨地问："我不明白，一家人在一起原

本是最幸福的，可为什么偏偏要把孩子送出去，而过若干年还要疲于寻找？这是为什么呢？"

肖民说："我们那里重男轻女。山区里的习俗你不会明白……"

艾橘上说："那她现在还是女的啊？你们家怎么又不轻视了呢？"

肖民说："我父母都已经过世了。人在临死前总会后悔一些事情做得不对……"

艾橘上叹了口气，看向宁恩怜，自言自语地说："不知道恩怜她……那会儿有没有后悔？"

"后悔！"恩怜从喉咙的最底层挤出这两个字。

艾橘上和肖民都被吓了一跳。

艾橘上连忙扑到恩怜面前，说："你终于醒了，恩怜！"

恩怜挣扎着转过头去回答："你不正盼望着我醒呢吗？我怎会让你失望！"

艾橘上听得出她话中毫不掩饰的含义。但他不在乎，也或者说，他不能去在乎了。

艾橘上："你恨我也罢，想杀我也罢，你都要养好身体才行，是不是？"

恩怜言辞犀利地说："你以为做鬼就不能向你复仇了吗？"

艾橘上并没有被激怒，相反，他倒更仔细地替恩怜盖了盖身上的被子。

肖民连忙插嘴打圆场："恩怜，你别气坏身子，我……"

肖民想说"我是你哥哥"，但他记起了艾橘上的话，就临时刹住话头，并瞟向艾橘上。

恩怜说："你是我的哥哥吗？我刚听你说了……"

肖民探过身来，将声音放柔说："是，是！咱们俩血型都一样，医生都可以证明！"

恩怜虚弱地点点头，以相信的口吻说："那哥你把他赶出去，我不想见到这个人！"

肖民呆了一下，他没想到恩怜会交给他这样一个棘手的活儿。他对艾橘上其实没那么仇恨，即使艾橘上将他的亲妹妹害成这样，他也觉得艾橘上是发自内心爱恩怜的。

正当肖民不知怎么组织语言时，艾橘上已经站起了身子。

艾橘上说："我现在就走！恩怜，我知道你有很多不甘心。我不想跟你解释什么，有的原因，即使解释了你也无法接受。因为每个人都会站在自己的角度去看待问题。我只想告诉你，只有活着，才能跟我对抗……"

恩怜说："我会好好活着。还有很多事，等着我去做！"

艾橘上笑了笑，转身走出门。

可是走出门以后，艾橘上脸上的笑意就落成很深很深的、一道一道的纹络了。他知道接下来要面对的事，比亲手杀死自己还难受。

橘上不知道，已经过去的 7 天他是如何度过的。而恩怜的 7 天，他无一遗漏地关注着——第一天，恩怜出院了。在蔡灵、李坤和肖民的帮助下，她回到了那个她

自认为能够封闭起自己的安全港。一日三餐她没有出来吃，估计是蔡灵帮她煮的。第二天至第七天，她仅是坐着出租车去了趟医院，其他的时间都闷在屋内。

死亡般的沉寂弥漫在艾橘上周侧。他想停止住呼吸和眼珠转动，因为他想拒绝所有能接触到的腐朽和溃烂。

傍晚时分，在保姆拒绝了孙芊芊进入房间后，助理居然推门而入了。橘上晃动了一下眼睛盯向居然，他知道居然肯定会带给他比较特别的消息。这消息也许是关于艾氏物流的，也许是关于宁恩怜的。

居然说："您还好吧，艾总？"

艾橘上点点头，等待着他后面的话。可是居然什么都不再说了，而是直瞪着两眼静候着他的发言。

艾橘上费了好半天的力才从喉咙里抽出一句话："没什么变化吧？"

居然还是直愣愣看着他，好像不明白他的意思。艾橘上回味了一下自己的问话，不禁哑然失笑了。"什么变化了"跟"变化什么了"在外人看来，完全是两个概念。而他问这话时，只有一个意思。

"你有烟吗？"艾橘上问。

居然赧然地摇摇头，站起身准备去买。艾橘上没有拦阻他，他真的很想很想抽支烟。

居然很快把烟买回来了。艾橘上将烟点燃。烟雾比较浓，向房间的每个角落扩散着，艾橘上希望它们能冲破这墙壁，到达某一个地方，可墙壁无情地将它们挡了回来。

居然说："艾总，有句话……不知……"

艾橘上用目光显示了态度。

居然说:"我总觉得……肖民那小子……不太地道!"

艾橘上:"有什么问题吗?"

居然说:"倒也没有!"

艾橘上:"我相信你的直觉!不过……他总归是她的哥哥,他对她……还不太会怎么样。再说有我呢!谁敢欺负她,都应该先想想我……"

居然嗯了一声没再说话。

艾橘上说:"你帮我约一下肖民,我有话跟他讲。"

居然说:"今天吗?"

居然的语气中流露着一种期待。从他心里讲,他非常希望是今天。因为这样就可以让艾橘上走出这个屋子了。

艾橘上果真点了点头。他可没深层次地去猜想居然的苦心,他只是认为,他要抓住最后一个可以翻身的机会。

居然兴奋地掏出手机,拨通肖民的电话。肖民一开始还跟居然拿腔拿调,但当急眼了的橘上抢过电话跟他吼时,他才唯唯诺诺地勉强答应了。

见面的地点离肖民家不远。橘上是自己开车去的。他没让居然跟着,因为他不想让第三者听到他和肖民的对话。

肖民兴许是搭准了艾橘上的脉,从他比平时更为摇头晃脑的夸张动作中就能看出。艾橘上为了能得到肖民的帮助,也居然将就了他的盛气凌人。

肖民在艾橘上开口之前,想到恩怜对他说的,艾橘

上是宁信之的儿子这一问题，所以他见到艾橘上后，首先想解开心中的谜团。

　　肖民的这个问题是关于道德层面上的。他问橘上，你既然是宁信之的儿子，那为什么还追求恩怜。难道你早先就知道恩怜不是宁信之的亲生女儿吗？橘上苦笑了一下，点点头。他说宁信之家里的一切我都非常了解，他毕竟和我有血缘关系。肖民又问，你和宁信之有那么大的仇恨吗？他毕竟是你的爸爸。艾橘上将脸色绷得像张开的弓一样，拒绝回答肖民。

　　肖民为了和缓气氛，打了个哈哈问艾橘上，那你今天找我来干吗。艾橘上说，想求你帮我跟恩怜说说。宁家跟她没血缘关系，让恩怜不要为了宁家伤害他们俩之间的感情。

　　肖民很坦诚地告诉橘上，这个忙他帮不上。恩怜现在已经处于崩溃的边缘，谁在她面前提艾橘上的名字，她都会立马变成一个疯子。

　　也许正是因为肖民的这句话，艾橘上又重新憎恨起宁氏和宁信之来。他将幸福的完结完全归咎于他们，他咬着后槽牙冷笑着点着头，跟肖民告辞。

　　艾橘上已经多日未踏入办公室一步。他的驾临令艾氏物流的各个中层干部都战战兢兢。艾橘上吩咐了工作的内容和重点，大家都听得出，商战的矛头不是指向他们的同行，而是宁氏集团。

　　就在艾橘上正忙活的同时，宁恩怜也开始了动作。她跑到医院去看望宁信之。出乎她意外的是，宁信之的床头坐着除了艾橘上之外，她也非常不愿意见到的一个

人——上官虹。

上官虹和宁信之正在说着什么，那样子就像刚刚老泪纵横过。宁信之今天比哪天都有精神，看来多日的治疗已经有些疗效。上官虹和宁信之看到恩怜后，都收住了话头，尤其是宁信之，忙从被单下探出手召唤恩怜。

恩怜没理会上官虹，一下扑到爸爸床前，止不住的眼泪刷刷落下。

宁信之连忙拍着女儿的肩膀，他很想将她娇弱的身躯搂在怀里，可是多日的病魔已将他折磨得太无力了。对于女儿落泪的原因他心知肚明。这源自方才上官虹的婉转相告。上官虹如实说了艾橘上的事，他在重新有了儿子消息的喜悦中与上官虹回忆起当年的那个不平凡的事件。

那是个雨天。

宁信之记得那时自己刚开办第一家时装厂，每天要忙到很晚才能回家。太太艾小蔓在学校当高考班的班主任，繁重的课外辅导让她经常比宁信之到家得还晚。他们有两个孩子，大一点的就是橘上，那一年他才7岁。老二是个女儿，叫阿莲，那一年她才2岁。那天是个周日。宁信之和艾小蔓临时有事出门，便嘱咐橘上在家照看妹妹。

两个孩子在一起难免磕磕碰碰。宁信之相信，当时一定是生性顽皮的橘上把阿莲逗哭了。所以橘上做出了他即使到现在他还不知道的错事。橘上为了不让阿莲大声地啼哭，把一枚铜制的钥匙塞到妹妹口中，他也许还担心阿莲把钥匙从嘴里掏出来，而又用一个宽大的枕头

压住阿莲的脑袋。可想而知，阿莲在双重的钳制下，不幸夭折。就在阿莲断气之后的几分钟，橘上还不知道生命的脆弱时，宁信之和艾小蔓赶回到家中。但有什么用？一切都为时已晚。

一个活蹦乱跳的心肝宝贝就这样撒手人寰了。宁信之和艾小蔓痛不欲生。他们的哭声惊动了周围的邻居，大家七嘴八舌地询问阿莲的死因。宁信之和艾小蔓怎么忍心说出是橘上的一不小心呢，他们支支吾吾地哭声更响了。

不知是哪个好事者将此事报了警。毕竟是一条鲜活的生命啊，警方当然会刨根问底。

儿子是妈的心头肉，艾小蔓怕橘上长大以后知道真相心中留有残酷的阴影，所以非得坚持隐瞒真相。宁信之对艾小蔓讲，要承担也应该由他这个男人承担，可艾小蔓却说我们刚开了厂子，那些工人离不开你，宁将此事承揽到自己的头上。宁信之虽然并不同意艾小蔓的做法，但他也是爱子心切，考虑到橘上不能被这件事窒息一生，只得忍痛答应。

就这样艾小蔓因为过失被判了两年刑。当艾小蔓出狱时，宁信之的工厂已经做大，而橘上也已经就读于非常棒的学校。艾小蔓怕儿子担上一个"罪人妈妈"的名声，所以又坚决要求与宁信之离婚。

宁信之执拗不过艾小蔓，因为她坚持的理由是为了橘上的前程。而那时的橘上也确实因为妈妈的丑誉而时常被同学嘲笑谩骂。宁信之安慰艾小蔓，说是等儿子长大后再想办法，他们两个正式办了离婚手续。艾小蔓拿

了宁信之一笔钱后，回到江西老家。

又过了一段时间以后，宁信之的秘书黎恩总出现在宁信之和艾橘上身边，这使得初懂人事的艾橘上非常反感。在一个月黑风高的夜晚，艾橘上离家出走了。他凭着绝顶的聪明和应变能力乘火车跑到江西他妈妈艾小蔓那儿。

橘上对妈妈说，他再也不想回到爸爸身边了。无奈的，宁信之也就不好再强迫他了。就在橘上到妈妈身边的第二个年头，又一件不幸的事发生了。宁信之到江西去看望艾小蔓，艾小蔓赶去见他时，被车撞倒了。宁信之怎么也没想到，倒霉的事全让他赶上了。他想带着橘上回北京，可橘上怎么也不肯。他就死死地认定艾小蔓的死他爸爸有推卸不掉的责任。

那会儿艾小蔓江西老家已没什么亲戚，橘上又不肯跟宁信之回京，宁信之只得黯然地独自回来，并立即给负责照顾橘上的艾小蔓同族汇了一笔钱。正是那笔不菲的钱让橘上起了复仇之心。当他有能力独闯天下时，他把那笔钱带了出来，并将自己的姓氏"宁"改为"艾"。

知道那段往事的人并不多，上官虹算是其中的一个。宁信之至此才知道橘上所做的这一切。不过，他现在已经不知到底自己应该如何面对这些了。把事情的原委告诉橘上，那有违艾小蔓临死前的遗愿，再者说都这么长时间了，自己难道就不能再忍一忍吗？干吗非要把这个已经被土埋起来的伤疤再撕出鲜血淋淋来呢？可怜天下父母心。生了这个儿子没好好养育他，宁信之已是愧疚万分了。

　　其实，对宁信之的这个态度上官虹并不赞成。他认为当父亲可以有大善和容忍，但不能愚。宁氏现已被橘上暗中控制了，跟随了宁信之多年的女人黎恩也变成植物人了，他还再睁一只眼闭一眼地放任艾橘上胡作非为，就有失当父亲的责任了。他本来想将这些道理一股脑地倾倒给宁信之，可偏不巧的是宁恩怜在这个时候进来了。

　　上官虹只得怀揣着一肚子的忠告从宁信之床头离去。

　　恩怜在上官虹离去之后，对爸爸问长问短一阵体贴。再接下来，她向爸爸要了宁氏的法人名章，她打算用仅余下来的一点资源重整旗鼓。

　　宁信之没有答应她。因为此时宁信之已经知道了恩怜的企图。他倒不是护着自己的亲生儿子，他是觉得恩怜丝毫不具备与橘上对抗的能力。

　　宁恩怜有些失望，但她暗中下定决心，一定要跟橘上大战一场。

谁也不会想到，恩怜报复橘上的办法竟是结婚。她找到上官文佩，认真地说出了自己的想法。她明确地告诉文佩，为了复仇，她才会接受文佩的感情。

可想而知上官文佩听到这番话时的表情。但谁让他无可救药地爱上她了呢？文佩只说了句，我整个人早已是你的了，肯定什么都是你说了算，他们的终身大事就这样定了下来。

结婚的日子定在两个星期后的周六。宁信之和上官虹都分别劝导了自己的孩子，不想让他们为了一时的轻率而遗恨终生。可恩怜和文佩都铁了心地想走到一起，两个风烛残年的老人又岂能阻拦得住？

恩怜相信，所有的人都不会同意她采用这种方式把自己交代进上官家。这之中只有一个人会欣喜若狂。那就是孙芊芊。还有什么比情敌出嫁更能让自己欢欣的消

息呢？

　　孙芊芊正像恩怜猜测的那样，一接到这个令人振奋的消息后，马上冲到艾橘上家。她想看看艾橘上还有什么高招，能挽回这不可扭转的局势。

　　艾橘上当时正在阳台上打瞌睡。他连日来总想以睡眠将自己的烦恼带离眼前。

　　孙芊芊将恩怜的喜讯告诉他时，他还有些不敢相信。以宁恩怜追求完美的性格来分析，不太可能嫁给她并不爱的人。当然，他很快就想清楚这其中的原因。恨一个人会产生很大的杀伤力，通常像宁恩怜那样执拗的人会选择杀不死别人就杀死自己的道路。

　　艾橘上说："你告诉我这件事意义何在？"

　　孙芊芊答："想让你死心。她马上就是别人的新娘了……"

　　艾橘上笑了笑说："你不也是别人的已经订过婚的未婚妻了吗？"

　　孙芊芊说："我对你有点不放心……毕竟你还没跟我去领结婚证。法律上，我和你的关系没保障……"

　　艾橘上说："结了婚还有离的呢……人在阵地在嘛！"

　　孙芊芊马上敏感地问："你这话是什么意思啊？"

　　艾橘上说："你不明白吗？"

　　孙芊芊假装听不懂，不敢接话了。她心下暗暗地恨宁恩怜，心中只期盼着她早点嫁入上官家，再不如就死掉。

　　对于孙芊芊的所思所想，艾橘上没兴趣探察。他冥思苦想怎么才能阻止恩怜与文佩的婚事。他甚至想到了

将宁氏所有的东西都还给恩怜，但他也料到了，即使这样做了，恩怜也不见得能收回她的决定。

那怎么办呢？橘上也没了办法。

日子就在这一天天煎熬中度过。艾橘上就像是一个已经被下达了枪毙通知的死囚，每天清晨惊醒于恐慌和忐忑之中。

转眼就要到恩怜结婚的日子了。宁恩怜并没有将这段时间全部用于忙碌婚礼的准备，而是向文佩要了一些资金，收购了上海一家颇具规模的物流公司。橘上知道恩怜这是明目张胆地向他下战书。他意识到有必要在恩怜结婚之前再找她深谈一次。

橘上很容易地拨通宁恩怜的电话。宁恩怜听到他的声音后，并没有马上挂掉电话，而是用非常轻柔的声音请他讲明他的意图。

橘上说："我想见你……"

恩怜说："可以。你来吧，我在公司……"

橘上问："新的物流公司吗？"

恩怜答："你不是知道物流公司还未开张吗？我在上官集团……"

橘上说："那不必了。我不想去那个地方。"

恩怜马上接话说："正合我意！"

说完，恩怜就将电话挂了。

橘上奋力地将手机扔向地上。破碎的机壳飞溅起许多残渣，袭向他身体的几个部位，使他感到一阵钻心的疼痛。他喃喃地说了一句"宁恩怜，你是我的人"后，就看到孙芊芊出现在他的面前。

　　孙芊芊的出现不仅没有让艾橘上切断对恩怜那番话的愤怒，反而更加点燃了他胸中的怒火。他不顾孙芊芊的拉扯，冲出家门。

　　恩怜此刻的确正在上官集团。她已经以上官家少主人的身份开始入主经营会议了。开会的人都在聚精会神地听着文佩分析最近的形势，所以谁也没留意文佩的助手孙羽对宁恩怜的悄悄私语。

　　恩怜脸色微变了一下，她向孙羽做了个手势，孙羽继而转身走出。这一系列动作并没有逃过文佩的眼睛，他其实每时每刻都在观察着恩怜。恩怜在他的心中太重要了，他生怕一不留神她就会莫名其妙地消失掉，就像她莫名其妙地走进他生活中一样。当他明确地看到恩怜对孙羽做了一个手势，孙羽转身走掉之后，他讲话的气息才恢复顺畅。他知道，艾橘上一定是追到了集团门口，而恩怜也打定主意不肯见他。由此，他才将提到嗓子眼的心慢慢撂下。上官集团的保安不是吃白饭的，艾橘上要是能堂而皇之地进来那除非他手里端着机关枪。

　　会议很快开完了，上官文佩留在会议室里等候跟宁恩怜单独说话的机会。恩怜聪颖地知道文佩的用意，她只是轻描淡写地说了一句文佩你要相信我，其他的就没再说。文佩当然知道这句话的分量与背后的含义，他内心不是不想听到恩怜的更多表白，可是从恩怜的脸色能看出，这已是她到了极限的解释了。随她去吧，文佩想，毕竟再过四十几个小时就可以美梦成真了。

　　上官文佩在送宁恩怜回家的路上还是忍不住惴惴不安的心情叮嘱了她几句。因为恩怜还住在那个偏远的民

居，这让上官文佩不得不多想一些。他担心橘上会在剩余的这点时间内再次纠缠恩怜。

恩怜点点头表示她会小心，同时也拒绝了婚前就搬进文佩家的建议。送恩怜到家后，上官文佩就急匆匆地走了。他还有很多烦琐的事要处理。这个婚结得从哪方面讲都太仓促了些，虽然他奢望着这一天已经很久很久了。

在上官文佩离去没三分钟，艾橘上果真出现在了宁恩怜住的房间门口。

恩怜呆坐在床上看着屋内的每一件物品。她没心情收拾，就像她其实没心情嫁给上官文佩一样。可是这屋中的每一件物品都是不能丢弃的，因为这些都牢牢打着他们宁氏的生活印记。恩怜坐着坐着就遐想起来。她对着枕头、对着衣服憨憨地笑起来。这笑容是她久违了的，她想用这笑容告诉自己也告诉这些物体，她接下去的生活将会像这笑容一样，不再充满忧伤。

电话铃在这时接连响了起来。恩怜不想收拢笑容，她拿着听筒接听电话时，就像她真的驶入了幸福生活的轨迹。

电话是肖民和蔡灵打来的。他们俩正一道给她和文佩挑选结婚礼物。恩怜说哥你和蔡灵就别忙活了，我和文佩什么都不缺。肖民和蔡灵怎肯答应，他们就说那我们就看着给你们选吧。临了，蔡灵还特意说，恩怜你要休息好，结婚当天化妆再精细，也掩不住黑眼圈和粗毛孔。恩怜都一一答应了，然后挂上电话。

屋内忽然一下转黑了。又是一个夜晚降临了。

　　恩怜拥了被子，将脸贴在枕头上，没一会儿的工夫，她就感觉到了湿湿的凉意。她知道，她那不争气的眼泪又像飘忽的梦境一样席卷来了。

　　天蒙蒙亮的时候橘上还睁着眼。他在车内坐了一夜，既没出去吃过什么东西，也没敢大着胆子冲到恩怜的屋门口去敲门。直到他远远地盯着恩怜背着包从屋内走出后，才开始怀疑自己坐了一宿的行为到底还是不是男人。

　　那有什么办法呢？他总不能再拦住宁恩怜问她究竟还爱不爱他了。

　　车仍旧停在原地。艾橘上怀疑，宁恩怜在走向大街的时候真真切切地看到他了。他想像着宁恩怜消失在街尽头的样子，由此也联想到宁恩怜今生就如此这般地消失在他的视线中了。

　　还有别的办法吗？橘上恳求老天爷睁睁眼，再给他最后一次机会。

　　洗过澡之后，艾橘上没有像往常那样穿上浴衣直接上床，而是看定了外面天空渐渐升起的星星和月亮。现在离天亮究竟还有几个小时？他们的婚礼还有多久就拉开帷幕了？

　　盯着盯着，就入夜了。星星好像很不识抬举，转眼不见了踪影。它旁边的月亮也躲藏到乌云的背后，天空像扯上了一个大帆布，露在外面的全是黑色和伴随着黑色的呼啸的风。

　　艾橘上拉紧了衣领上方，他脚步缓重地走下楼，漫无目的地推开门走了出去。

街上寂静无声，白天穿梭不停的汽车和行人已经一去杳然。

虽然分不清东南西北，艾橘上还是没有停住踉跄的脚步。他甚至都没开车，整个的行走过程都是靠气息的支撑。

走了不知有多久，他终于发觉头发、手臂都在向下滴水。老天爷不仅仅将眼睛睁开了，还落下了略带苦涩的眼泪。当橘上再抬起头时，忽然发现他停住脚步的前方竟是恩怜的小屋门口。

橘上感觉到喉咙有些发紧，他咕噜了一句"恩怜"之后，开始举手捶门。

屋内本来有着微弱的灯光，但是听到橘上的声响之后，"啪"地一下，带着无情的声响关闭了。天空中传来阵阵的雷声，轰隆作响，也像用声威向橘上发出斥责。橘上已经不能再思想了，他再也忍受不住的种种思念化作一股山洪暴发般的力量，并且全部汇集到他的腿上，他没觉得如何用力，就将门踹开了。

能够看出，屋内的恩怜闻得声音，起初以为是不同寻常的雷声，待看到是橘上的身影时，她本能地蜷缩进床的里侧。她也许无法站到艾橘上的视觉角度来看待她自己的这一动作，更无法以艾橘上的心思来度量男人的自卑，总之她在向床角缩去的同时，艾橘上就像是得到某种召唤一样，身手敏捷地扑了上来。

窗外，更准确地说应是屋外，又传来了爆炸般的雷声。

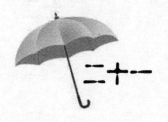

那一夜，泪水和雨水漆红了夜色。

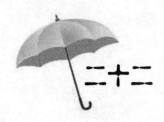

二十二

凌晨五点钟之前的事情，恩怜已经不大记得了。

窗外的天不仅放晴了，而且还露出鱼肚白。

屋内杂乱得不成样子。这一次是橘上靠在了床角，他的头发还在向下滴着水，水珠落到他赤裸的膝盖上，发出清脆的"吧嗒吧嗒"声响。恩怜弯着身子坐在地上，被墙壁吸去了大半边身子……挣扎中摔落在地上的闹钟还在顽强地发出指针走动的声响，仿佛在提醒这两个人，某个特殊的时间临近了。

"我爱你……"橘上低声说。

"……"恩怜无声地抽泣着。她的嗓音有些沙哑，尽管她努力着不让自己发出半点哽咽，但橘上还是能够清清楚楚地听见。

"你别怪我自私……看着你走进别人的家……那……要我先死吧……"

橘上说完这话，下地走到恩怜的面前。他一把将恩怜拉起来，凝视着她的眼睛。

其实不用他再说什么了，恩怜也能把他要说的话接上。可是恩怜觉得现今说什么都没意义了。人都已经是他的了，让她还有什么脸面去见文佩？

"你不跟我走，酿下的只会是悲剧。要么是文佩一个人的悲剧，要么是两个人的悲剧，要么……就是三个人的悲剧……"

恩怜轻轻拂掉他的手，将身体与他错肩而过。这动作已经表明了一切，橘上痛苦地闭上眼睛。他不明白，为什么恩怜那么坚持。自始至终，他想报复的只有黎恩和宁信之，他不断顾及着恩怜的感受，不断给她留下退路，可是得到的结果竟是……冥冥中有一只黑手在操纵着他和恩怜吧？

"你走吧……"恩怜说。

橘上很想从她的话中听出一点点潜台词，可他搜索了半天以失望告终。他现在已别无选择了，走出大门，别再面对恩怜，别再面对这个世界了。

街上的人多了起来，一辆接一辆地在他眼前开过。其中有几辆是那么的刺眼。橘上仔细看去，竟也是婚车。上面扎着鲜艳的花朵，迎风乱颤，车子开过去的时候，香气四散，直入呼吸道的最深处。

"恩怜，恩怜，我们就这样结束了吗？"橘上低低地问自己。他不能不承认，即使是在这个时刻，他还不能接受一件完美的玉器有任何的瑕疵。

"恩怜你就这样狠心吗？难道除了用这种狠到极致的

方式，你就不能再没别的方法惩罚我了吗？恩怜，我愿意接受你的任何惩罚，只是不要离开我，不要离开我，不要离开我……"

一辆花车又开过来了。车上前面还有一对新人的模型，他们正在甜蜜地吻着。这情景让橘上想到了从前，想到了他和恩怜曾经有过的、过于短暂的甜蜜时光。

车缓慢地开过来了，透过明亮的车窗，橘上仿佛看到司机旁边坐的人竟是文佩，他心里开始着急起来。文佩他不能把恩怜带走，恩怜是他的女人，他们不能轻率地结婚。橘上猛地迎头跑去，他要拦住车，拦住他们！

清晨的街道再也没有比刹车声更凄厉的了……

多年以后，还有一部分人记得那个清晨。这之中当然包括恩怜和恩怜的儿子。她给儿子取名叫宁爱橘。

爱橘的舅舅也就是肖民曾私底下问过恩怜许多遍，爱橘是不是橘上的骨肉，恩怜总是略带着一丝忧伤地反问他，这还重要吗？

是啊，人都不在了，事情的原委也就让他随风而去吧！

文佩依然像以前那样爱着恩怜，他虽然没能力给恩怜一份合法的婚书，但在他眼中，恩怜三生三世都会是他的伴侣，其他的，他也不觉得重要了。

宁信之就在艾橘上出车祸的几个月后也撒手人寰了。他是带着微笑离开这个世界的。因为他从恩怜的口中得知，橘上并不知道自己儿时犯下的大错，而且恩怜对这些陈年旧事也没起疑心。天下做父母的哪个不希望儿女快乐？纵使他们犯了什么错误，他们也不忍心将坏人这

个字眼沾上儿女。

　　恩怜靠着坚忍不拔的韧劲把宁氏重新立于商场之中。她还把这种精神用在了治疗母亲的病症上。谁说这世上没有奇迹，黎恩和着"好人就有好报"的祝福话竟真的恢复了知觉。她在身体痊愈之后被恩怜请回宁氏。现在她们母女的关系达到了前所未有的融洽程度，虽然这家里又添了两口人——宁爱橘和肖民。

　　一切看起来都向美好的方向发展着。

　　只有夜深人静的时候，恩怜才会对着漫天的星斗回忆起那个雨夜，回忆起那双明亮的眼睛。在那双眼睛的注视下，她会默默地流下一行清泪。是的，她还有好多话要和他说，她还有好多话要问他，她还有好多事要他做，她还有好多苦要他受，她还有好多仇要找他报……

　　但是——但是，他不在了！

　　"你总要看看我们的爱橘吧……"

　　恩怜说。

全书完

絮叨

　　一生当中，有几次幸运，足以在盖棺时偷笑几声。攀识黎波、张莉和黄鲁就是其中之一。

　　每每看到媒体说"电视剧《蝴蝶飞飞》和《爱上单眼皮男生》根据网络小说改编"，心下就存有愧疚。因为这两本小说的发源地不是网络，而是黎波先生。"吃水不忘挖井人"，在此郑重声明这一点，是不想昧着良心让网络专美。张莉小姐和黄鲁小姐，前者颇有赵雅芝的韵味，是我电视剧的制作人。她在见到我第二面时，就将两样东西推到我手边：一是10部电视剧的预约合同；一是钞票。我们陆陆续续的合作就这样开始了。黄鲁自称是"黄飞鸿"＋"鲁智深"，她和我同龄，所以我们俩不用讲太多话，就能明白彼此的想法。没她俩，观众和读者也不可能看到我的作品。

　　谈到写言情作品，不能不感谢琼瑶和韩剧。

　　我是读着琼瑶作品长大的，骨子里到处渗透着她的东西。至今一联想到"爱情"两字，依然闪现着《几度夕阳红》、《穿紫衣的女人》等等作品。曾有记者追问我怎样比较琼瑶和自己的作品，我说琼瑶是一座丰碑，能排在她那队里，哪怕是站在队尾，都是我八十多辈子烧高香得来的，我是谁啊？被老爸老妈从小当猪八戒硬灌生铁水，打死都想当内锈（秀）的人！不敢跟祖师比！

　　韩剧这几年的发展令我们妒忌。《情定大饭店》、《爱上女主播》、《天国的阶梯》、《天涯海角》、《番茄》……我能开出一长串最爱的名单。韩剧把中国人以前非常注重的"仁""孝""礼""爱""忠"讲到了极致。大人小孩看了都能接受。我的《蝴蝶飞飞》播出时，被人称为《蓝色生死恋》和《流星花园》的翻版，我更愿意将之称为《情定大饭店》和《流星花园》的结合体。

　　谈到电视剧，我就多絮叨几句。

　　张莉小姐定下佟大为出演《蝴蝶飞飞》男一号时，我挺开心的。因为佟大为很贵。在影视圈中，贵就代表着一种号召力、代表着不错的收视率。我想有了佟大为，即使我的本子写得差一点，也有人撑着，完全

一副偷懒的心态。谁知见了佟大为一面，我就开始后悔。

当时佟大为穿了一身蓝西装，当他走进我的房间时，样子"款"得不行了，跟我想像中的蓝冬晨决没两样。我一下意识到，小说中的爱情原来真的可以在现实中实现。他身上散发着一种贵气，那是一种只有在千万人娇宠之下才会滋生出来的贵气。记得还有一天，大为在大连拍戏，站在一所学校的外面。当时窗户中伸出很多脑袋，齐刷刷地喊"大为大为大为"，极有大合唱的震撼力。偶像的力量有多大，请往大为那边看。

我妈说了，佟大为太帅了，演得也好，让我代话给他，希望能看到他更帅的作品。好久没见到他了，我就在这里说吧！

好多人问我，你也梦想有个白马王子吧，我说废话！我打二十几岁就穿着水晶鞋满大街溜达，准备瞄到一个钻石小王子。可是老虎也有打盹的时候，我就这样在迷迷糊糊中把水晶鞋落在一普男（相当于普桑）脚边。完了，这辈子没机会了！后来我从翁帆那得来灵感，钻石小王子没有，老王子也行啊。随即我马上召开联席会议，趁吃着水煮鱼的空当让宰相们拿主意，给我

找个比较有名、年龄比较大、像杨振宁一样的名士。一朋友边嚼着鱼骨头边吞吞吐吐吐出两字——巴金！另一朋友立马驳斥他，说巴金已经老糊涂了，连胭脂是谁都看不清！那朋友答了，正因为他老糊涂了，才会看上她！全桌笑喷。

《蝴蝶飞飞》杀青的时候，朋友给我一份《中国广播电影电视》，上面写着，韩国野蛮女友全智贤有意跟《蝴蝶飞飞》剧组接洽。我当时就想，全大小姐您的消息也太不灵通了，我们雪雪都"中"完"小印"了，您只能在这部剧中"贤"（闲）着了！杨雪在生活中很活泼。人精瘦精瘦的，满脸只剩一双大眼睛。她是个很有想法的女孩，见面的第一套话就是谈钟小印的人物定位。像她这样用功的女演员现在不多。她在这之后接拍了《小鱼儿与花无缺》。人家跟我说，还是喜欢她在《蝴蝶飞飞》里的样子。我听了自然开心。自私嘛！

孔镱珊这个名字大家可能没印象。饰演的是蓝冬晨的前女友金薇薇。她在北影上学时跟赵薇、黄晓明一班，还是班长。她的演技在行内可是被竖大拇指的。我也很喜欢她。陕西加多影视公司打算投拍我的一个剧

本，我就举荐了她。

说到《蝴蝶飞飞》，不能不提何导。他拍过三十多部作品，很大一部分是香港的。内地人不太熟悉。几年前比较火的《真情告白》就是他的作品。最近的《少年天子》也出自他手。我最喜欢他，他有激情，是个天天"谈恋爱"的人，不过他恋爱的对象是作品。旁观他一段时间后，我确定他没有"色心"。道听途说过很多导演色不自禁的事儿……所以我非常关注跟我合作的导演，因为他如果有了色心，拍戏就一定会偏心。也许你会说我们剧组里的小妞都不够漂亮，但何导拍过很多戏，见过很多中国级别的漂亮 MM，决不是替他吹啊……

拍《爱上单眼皮男生》时见到了夏雨。十几岁就获了几个国际大奖，被称为中国最年轻的影帝。夏雨给我的印象很冷，冷静、冷酷、冷漠，还好他不冷血。在片场时他几乎不与人聊天，眼睛只盯着手上那本英文原版书，常被人误解我的剧本是英文的。我和他除了剧本外，只聊过两个话题，

钓鱼和滑板。我想钓鱼也许很像他的外表，静静的；而滑板则显示了他的内心，比较狂热。

周韵是个很奇特的女孩。演戏的时候像精灵，不演戏的时候更像精灵。给大家讲一个她不同于其他演员的例子吧。她不爱化妆，不爱让任何人动她的脸，哪怕你是鼎鼎有名的设计师。她说她脸爱过敏，但我想这是她的一个托辞。我亲耳听到她往香港那边打电话，让人给她带化妆品。我推测她应该有更高的要求。

《爱上单眼皮男生》的导演是个小姑娘，叫王丽文，在台湾读的影视专业。经常被人误认为场记，年轻到不可思议的地步。她会喝酒，尤其喜欢红酒，又很小资。她在北京时我们俩喝过几次，投机得像哥们（如果你也喜欢喝酒，可以约我一起啊！）。

说说《爱你那天正下雨》吧。写书时我没觉得费劲，但写剧本时，每天都会有一种撕心裂肺的疼痛。直到现在，我都不愿意在夜深人静时想到艾橘上和宁恩怜。两个人都为爱付出了一切，两个人都遭到了痛彻心扉的伤害。小说因为篇幅的原因，不能写长。而剧本给的空间比较大，可以慢慢去讲，慢慢撕开了给你们看。我有种预感，这个剧一定会让很多人记住刘磊——艾橘上，记

住陈莉娜——宁恩怜。

　　张莉小姐一眼看中刘磊，是觉得他骨子里有种沧桑感。这在很多男演员身上都不具备，因为这需要很深的生活提炼。当时我没听说过刘磊的名字，但张莉一番介绍使我信心大增。首先他是北京电影学院的科班生，还在那当过一阵助教，其次他刚拍完《孔雀》、《日日夜夜》和《茶马古道》，在黄磊监制的《夜半歌声》与大S演对手戏。果然刘磊没让大家失望，他演的艾橘上至少令我着迷。

　　拍戏的时候刘磊住我隔壁，晚上我们一起看《天堂的阶梯》，边聊天边开心，不知不觉中经常超过12点。我跟他也喝过酒，约着下个月一起再喝。我最近正在写一个四十年代的戏，男主人公就是照着刘磊来的，有男人的硬朗，又不失幽默，正义、隐忍，还有最最重要的包容心，就是《史密斯夫妇》中布莱德·皮特的中国版本。

还没开机前黄鲁就告诉我，她老公很喜欢陈莉娜。看来一部《激情燃烧的岁月》不仅让人记住了孙海英，也记住了演他女儿石晶的陈莉娜。陈莉娜脸上有种李英爱和崔智友的感觉，实际到了戏上也演出了那种味道。她戏下很纯真，说说笑笑得毫无心计，与戏里宁恩怜沉重的性格不太吻合。能演好这部戏，除了说她技巧成熟之外，我找不到其他的话。看完这本书也许你联想不到陈莉娜，但我的剧本是改过的，改成很女人的那种，而莉娜就是我心目中那种很女人很女人的女人。

知道这部戏的导演是谁吗？还是何导，他的艺名叫何洛。刚才讲到他的时候忘讲了，他有个很漂亮的太太，会烧很好喝的汤。漂亮我是亲眼目睹，汤至今还没喝上。不过我不会执着，因为他太太大多时身在香港和加拿大。好不容易来趟内地，我这样的也近不了身——总不能耽误人家牛郎织女相会啊！

吴菲小姐也是我要隆重介绍的。她是我这三部戏的形象设计师。很多港台、国内的大牌明星都在她手里被设计过。我一直撺掇她出本集子，将作品与大家分享。她笑着答应了，可就没见动静。

《爱你那天正下雨》的小说虽然出版了，但电视剧的

故事还没有讲完。我知道还会有人在等，就像等《蝴蝶飞飞》和《爱上单眼皮男生》的续集一样，等一个奇迹、一个符合读者想法的奇迹出现。

　　昨天夜里我突发鬼念，写一本《蓝冬晨遇上韩紫瞳》，或《韩紫瞳遇上艾橘上》！天上地下，比比他们谁爱得更火暴！今早又放弃这个念头——其实谁称"最"并不重要，重要的是他们爱过了，是用心去爱的，那份爱值得他们留恋一生一世、三生三世，甚至生生世世……

　　对了，我下一本书预计 11 月出版，早已经写完了。男主人公叫黄明勋，他不同于我以往作品里的男人。他很花心，真正的花花大少。不幸有个女生迷恋上了他，会开出怎样的花结出怎样的果呢？现在不能讲，因为我还没想好电视剧怎么写。

胭　脂

2005 年 5 月 5 日于新加坡